シンデレラの憂鬱

ケイ・ソープ 作
藤波耕代 訳

ハーレクイン・ロマンス
東京・ロンドン・トロント・パリ・ニューヨーク・アムステルダム
ハンブルク・ストックホルム・ミラノ・シドニー・マドリッド・ワルシャワ
ブダペスト・リオデジャネイロ・ルクセンブルク・フリブール・ムンバイ

CHANCE MEETING

by Kay Thorpe

Published by Harlequin Japan, a Division of K.K. HarperCollins Japan, 2025

ケイ・ソープ

1935年にイングランド中部のシェフィールドで生まれる。学校を卒業後、さまざまな職業を経験したのち、初めて完成させた作品が認められて1968年にデビュー、ミルズ＆ブーン社のロマンス黎明期を支えた。これまでに著作は70作以上を数え、今も根強いファンを持つ代表作家の一人。

主要登場人物

シャロン・ブレント……………………モデル。旧姓タイラー。
リー・ブレント…………………………シャロンの夫。不動産業。
リチャード………………………………リーの父親。
ローラ……………………………………リーの妹。
ロルナ……………………………………リーの母親。
ドミニック・フォスター………………カメラマン。

1

春四月。芽吹きはじめた木々や早春の花々を太陽が照らすとき、ロンドンの中心部にあるこの公園は小さなエデンの園さながらで、ふさぎきっていた気持も明るくなる。故郷の北部の町から南へ出てきて初めて、シャロンはいくらか楽観的な気分で将来を考えることができそうに思えた。

この冬はつらく孤独だった。一度ならずシャロンは、プライドを捨てて、七カ月前には去ることばかり願っていた場所へ帰ろうかという気になったが、あの最後の無情な言葉を思い出しては、くじけそうになる自分を支えた。叔母のドロシーの態度には愛情が欠けているとシャロンは内心ずっと思っていながら、その恨みがついに爆発するまで十六年かかった。

たった一人の兄が残した子供を引き取って育てるために、徳義上、収入のいい仕事を辞めなければと感じた、子供のいない女の気持がわからないではないが、六歳の子供に罪はない。叔父のブライアンも不満を長年忍んでいたことが今のシャロンにはわかる。忍耐強い彼は決して不平を言わず、シャロンにはいつも親切だったが、それでもこの姪《めい》がどこか、彼の家以外に行ってくれたらと思うときが何度もあったにちがいない。

勤め先の会社のロンドン支店で一年働くというチャンスは、シャロンにとって見逃すわけにはいかないほどすばらしく思えた。不安があったとしても、ボルトンを出ていくと彼女がほのめかしたときのドロシー叔母の態度で、すぐに解消された。

「あなたにはあんなにお金をかけたのにねえ」と叔

母は息まいた。「やっとそれを少しずつでも返しはじめてくれたというのに、出ていきたいだなんて。ええ、ええ、行きなさい、さっさと！　やっかい払いができて、せいせいするわ！」シャロンは去った。返すべきものは月々きちんと送るつもりだった。しかし、食べていくだけで給料がすべてなくなってしまうことがわかったとき、彼女はうろたえた。できるときが来たらすぐに支払いを再開するというぎごちない短い手紙を書き送ったシャロンに、返事をよこしたのはブライアン叔父だった。シャロンにそんな義務はない、叔母は心にもないことを言ったのだからと言ってきたが、帰っておいでとは書いてなかった。クリスマスにはドロシー叔母の筆跡で夫婦連名のカードと贈り物が届き、それは、和解の糸口らしきものを暗示しているようにも思えたが、シャロンは今のところまだそんな努力をする気にはどうしてもなれないでいた。

春は新たなはじまりのとき。今、公園のベンチでシャロンはそう思った。たぶんわたしのほうから先に意思表示をすれば、叔母たちとの関係にバランスを取り戻すことができるだろう。結局、わたしにはあの人たちしか身寄りはないのだから。

そよ風に乱れた髪を直そうと手を上げたシャロンは腕時計を目にして、小さな叫び声をあげた。オフィスに戻る時間が過ぎている。彼女は先月のノルマをやっと片づけたところだ。フレックスタイムという就業規則には確かにそれなりの長所があるが、寒い雨模様の朝などはあと数分でもベッドにいたい誘惑に負けて時間が足りなくなるのが落ちで、今月はなにがなんでもきちんと予定を守ろうと決心していたのに、一週間もたたないうちに、その誓いをこうしてもう破っている。

オフィスまで歩けば優に二十分。公園の出口に急ぎ足で向かっていたシャロンは、やってくるバスを目にして走りだした。停留所は二百メートルほど先で、見たところ、バスを待っている客は二人。うまくいけば、なんとか間に合うだろう。運転手がたまたま機嫌のいい日で、息を切らして走ってくる客を尻目に発車してしまうような気を起こさなければ。

歩道は人通りが多く、ほとんどがシャロンとは反対方向に歩いている。そんな一人から身をかわそうとして、シャロンは片方の足首をひねってしまった。ヒールが石を踏んですべったのだ。次の瞬間、ひどい勢いで地面に膝をつき、無意識のうちに伸ばした片手で転倒を避けた。すりむいてずきずきする痛みに涙があふれ、立ち上がろうとしていたシャロンは、そのとき力強い手がわきを支えるのを感じた。バスは停留所に止まり、ドアが閉まりかけている。シャロンはきまり悪さと挫折《ざせつ》感を重ねて味わった。

「ひどい転び方だったな」頭上で男の声がして、シャロンはしぶしぶ顔を上げると助けてくれた相手と目が合った。灰色の目。見た瞬間にどうでもいいようなことを彼女は心に留めた。今その目は同情とおかしさ半々の表情をたたえている。だが、視線が下に動いてスカートの裾《すそ》で陰になっていたストッキングのありさまを知ったときは同情の色のほうが濃くなった。片脚に血が流れて、破れたナイロンの下の肌についている砂とまじり合っている。シャロンは両膝がすくんだようになり、体を支えるために使ったほうの手が火のように熱かった。驚いたことに、ハンドバッグは落としていなかった。シャロンはまだそれをもう一方の手に抱えていた。

「大丈夫ですから」彼女は声を震わせて、やっとそう言った。「ありがとうございました……」

「大丈夫なもんか」男は言い返し、つかんだシャロンの腕を放そうとはしなかった。「こういう傷は気をつけないといけない」

「会社に帰って消毒しますから」シャロンは相手を安心させて、腕をつかんでいる手と道行く人たちの好奇のまなざしから、ただもう逃れたかった。「本当に、わたし……」

「きみ、これじゃ街の中なんか歩けないよ」と相手は言って、またも彼女の話の腰を折った。「ほら、ぼくの車がすぐそこに停《と》めてあるから、せめてきみを乗せていってあげるくらいはできるよ」

「あなたのせいじゃないんですから」駐車規制区域であることを示す黄色い線上にずうずうしく停めてある銀色のベンツへと引っ張られていきながら、シャロンは抗議した。「あなたが責任を感じる必要はないんです、わたしを助け起こしてくださったんですもの。わたしが不器用だから、転んだんです」

「そんなことを論じている暇はないんだよ」男はそう答えるや助手席側のドアを開け、流れるような動作でシャロンをシートにおさまらせた。「あの角を曲がったところに交通監視員がいるんだ。ベルトを締めて、しっかりつかまれよ！」

その指示に従ってシャロンが行動するより早く、男は車の前を回って運転席に乗りこみ、素早い動きでエンジンをかけ、大都市の運転者らしく断固たる決断力をもって、午後の車の流れの中へじりじりと入っていった。割り込みをはばもうとするタクシーのけたたましい警笛など気にもかけない。

「失意のレディーのお通りだぞ」バックミラーをちらりとのぞきながら、彼はユーモアたっぷりに言ってのけた。シャロンは何も言えない。唇をかみしめ、痛みをやわらげるようにゆっくり右手を振っている。

「ひどく痛みだしたんだろう？　どう見ても、ぼくのうちに寄って、きちんと手当てをしていったほうがいいと思うな。次の角を曲がったところだから」

シャロンは反対しなかった。両膝と右手がずきずき痛んで、吐き気さえする。彼女は男をそっと見た。

引きしまった横顔、縮れたダークヘア。濃い眉で鼻が高く、意志の強さをうかがわせる口もとは官能的でさえある。あごの輪郭ははっきりしていて、首のあたりにしわはない。三十歳くらいだろうか。背の高さにふさわしい安定感もある。広い肩を楽々と包むジャケットは高価なもののようだ。

〝次の角を曲がった〟グロヴナー広場から少し離れたところに、一区画を占める高級アパートがあった。男は正面玄関のまん前に車をつけ、シャロンを助けて短いが堂々たる階段を上り、彼女を支えたままガラスのドアを押し開き、厚い絨緞《じゅうたん》が敷きつめられた玄関ホールへと彼女を通した。デスクについていた制服姿の男は二人が入るのと同時に急いで立ち上がり、なにごとかと気づかわしげに眉を上げた。

「いただいたしましたか？　ブレントさま」

「なんでもないよ」気楽な返事だった。「こちらのお嬢さんは、すぐそこの道でひどい転び方をしてね。応急手当てをしないとね」

ほんの一瞬、制服姿の男の口もとにかすかな微笑が浮かんで消えた。「救急箱をお持ちいたしましょうか？」シャロンにはやたら愛想のよい態度で、男はおうかがいをたてた。「二分もかかりませんが」

「いや、いいよ。ぼくのところにあるから」ブレントと呼ばれた男はシャロンをエレベーターに乗せてボタンを押した。ドアマンの濃紺の制服姿を締め出して、快い機械音とともにエレベーターは昇りはじめた。「気を失ったりしないだろうね」シャロンの顔に目を据えて、彼は言った。

シャロンは首を横に振り、無理に笑顔をつくった。「気を失ったことなんて、わたしは一度もありません、ブレントさん。それよりも、こんなご迷惑をおかけしてしまって」

「どうってことないよ」彼は言った。「それから、ぼくの名前はリーだ」

「シャロン・タイラーです。本当にありがとうございました」

彼のまなざしにも声にも、おもしろがっている様子がうかがえた。「あんなに急いで、どこへ行くつもりだったのかな？」

「仕事に戻るところでした。お昼休みだったんです」彼女は沈んだ口調になった。「今ごろみんな、わたしはいったいどうしたんだろうと思ってますわ」

「電話をかけて説明すればいいじゃないか、傷の手当てがすんだらすぐに」エレベーターのドアがすべるように開き、シャロンはまた彼の腕に支えられた。無視してしまうにはあまりにやさしい、彼の触れ方だった。シャロンはたちまちみぞおちのあたりを緊張させたが、体がなにかを感じたそのしるしに対しては心を閉ざした。相手がきわめて魅力的な男性であるのは否定のしようもないが、彼女への彼の関心は単に善意の一種にすぎないのだから。あと数分して彼の善意がほどこされたとき、彼女はまたもとの自分の境遇に戻っていくのだから。

アパートの内部を一目見て、シャロンは息をのんだ。雑誌でしか見たことのないような豪華さだった。広々と敷きつめられたオフホワイトのけば織りの絨緞、あちこちに置かれた大きなソファやゆったりとして重厚なクラブチェア、それらのさまざまな色や素材が渾然《こんぜん》となって一つの調和をかもしだしていた。超モダンでも伝統一本やりでもない、この巨大なラウンジのまったく独特な雰囲気は印象的で、なんとなく持ち主の個性に似合っていた。一枚ガラスの窓はどれもグリーン・パークを見渡すことができる。

「こっちだよ」アパートの主はそう言って、ラウンジとほぼ同じくらいの広さの寝室へとシャロンを通した。奥のいちだんと高くなったところに楕円《だえん》形のベッドが置かれている。彼女は寝室につながる普通の三倍はありそうな浴室へ案内された。バスタブも卵形で、しかしこちらは床に埋めこまれ、大理石模様の縁ぎりぎりまである二歩ほどの床はカーペットでおおわれている。二方の壁は全面ブロンズがかった鏡で、そこに映る二つの姿をシャロンは見た。一人は長身のダークヘアの男性。もう一人は男より十センチばかり背が低く、乱れたダークゴールドの髪が顔にかかり、その顔といったら、この場所にふさわしい妖《あや》しい魅力などいっさい欠けている。

「まさに五〇年代のハリウッドだよ」後悔しているようなしかめっ面をしながらリー・ブレントは感想をもらし、はめこみの二つの洗面台の上にある隠し戸棚に近づいて、それを開けた。「今年のはじめに国外へ行っていた間、デザイナーの友だちに自由にやらせた結果がこれだよ。彼女がほかの部分もいじる前に帰ってきてよかったよ」彼は白い救急箱を化粧台の上に置いて開いた。「ストッキングを脱いだほうがいいね」

シャロンはほんの一瞬ためらってから、こんなときにやたらしとやかなのはちょっと場違いだ、と心に決めた。第一、ストッキングはぼろぼろに破れている。こんなものをはいたままオフィスには戻れない。春がまだ浅いので、素足ではきっと冷え冷えするだろう。彼が背を向けている間に、シャロンは素早くストッキングを脱いだ。寒そうな肌がダークグリーンのスーツと対照的に目立つのが気になり、不意に無防備になったような気もして、裸足《はだし》の爪先をふかふかしたカーペットの上で縮こまらせた。

消毒薬の臭《にお》いにシャロンは顔をしかめた。リー・ブレントは洗った手に脱脂綿を取り、彼の隣の椅子を指し示してシャロンを座らせ、身をかがめて彼女の脚を持ち上げた。かかとをつかんだ彼の手は温かく、頼もしかった。

「しみるよ」シャロンが体を固くするのを感じて、

彼は言わずもがなの警告を発した。「スカートをもう少し上げないと、濡《ぬ》れるかもしれない」

シャロンは言われたとおりにした。リーの感触に思わず反応したというよりは不安のために緊張した、と彼が思っているのはありがたかった。彼の気づかいはともかく、どう考えても赤の他人である男性とこうしてここに座っていると、なにかしら気力がくじけてしまう。

消毒薬がしみてシャロンは唇をかみしめ、苦痛の声をもらすまいとした。彼女の足をつかむ手の力が少しきつくなり、リーはもったいないほどたくさん脱脂綿を取り換えながら、傷の中に埋まっている細かい土や砂を取り除いた。ぽたぽたと薬がカーペットを濡らすのを見て、シャロンはやっと口をきくことができた。

「しみになってしまいます。タオルでも敷いたらどうでしょう?」

「乾くよ」彼は気にもしていないらしい。「動かないで。ぼくの見たところ、傷はあと一つあるんだから……ほら、あった!」彼は汚れた脱脂綿を汚物入れにほうりこみ、さらに分厚い一片を裂いてシャロンに手渡した。「それで濡れたところを拭《ふ》きたまえ。その間に、ぼくはもう片方の脚にアタックするからね。そのあとで手も見てあげるよ」

それから五分たち、シャロンは心からほっとした。リー・ブレントはくつろいで口もとに笑みをたたえながら、完成した彼の作品を眺めた。

「傑作というほどじゃないが、現状においてベストはつくしたよ」

「すばらしいお手並みでしたわ」シャロンはすぐに相手を安心させて立ち上がった。こんな状況から早く逃げ出したくてたまらなかった。「お礼の申し上げようもありません!」

そこでやっと、彼はおかしそうに灰色の瞳を上げて、うろたえているブルーの瞳をとらえた。シャロンは悟った。彼は傷の手当てをしながら、彼女の反応にはっきり気がついていたのだ。彼はしばらくじっとシャロンの目をのぞきこんでから、わざとらしくゆっくりと彼女の唇に視線を動かし、冷ややかすような笑みを浮かべて彼女をかすかに赤面させた。

「お代はいらないよ」彼は言った。「感動したきみが衝動的になるのは別だけどね」

一瞬、自分でも驚いたことに、シャロンはその挑発に乗ってみたい気になったが、その瞬間はすぐに過ぎた。

「もう行かなければ」シャロンは唐突に言った。

「引き留めはしないよ」彼は立ち上がったが、相変わらず口もとをほころばしていた。「きみに合いそうなストッキングがないか見てこよう」シャロンのまなざしをよぎる表情をとらえて、彼はうなずいた。「妹がね、ときどきここを使うんだよ。ぼくがロンドンにいないときにね。彼女はなんでもスペアをそろえておくんだ。探してくる間、そこにいたまえ」

一分もしないうちに、彼はまだ開けてないセロファンの包みを持って戻ってきた。「思ったとおりだったよ。きみの好みの色じゃないかもしれないが、ないよりはましだろう」

わたしがいつも使っているのよりいいものです、とシャロンは差し出されたストッキングのブランドを一目見て、心の中で言い直した。彼女はあいまいに首を振った。「そんな、妹さんのものをいただいてはいけません」

「絶対に気がつくもんか。まだ一ダースかそこらあったよ」それでもシャロンが受け取ろうとしないので、彼はシャロンの膝の上に包みを落とした。「頼むから、はいてくれよ！　外は素足で歩けるほど暖かくはないんだから。コーヒーは飲むかい？——もっと強いものがいいかな？」

シャロンはわずかにためらったが、相手のいらいらした口調に気がついていたし、これ以上遠慮して相手の忍耐力を試すのはよくないと悟った。「コーヒーをいただきます」

「よし。二、三分かかるよ。支度ができたら来たまえ」

一人になったシャロンは包みから薄い高価なストッキングを引き出し、両膝に貼《は》った絆創膏《ばんそうこう》に注意してはいた。右手のすり傷はむき出しのままにされたので、思うような動きがとれない。やっと化粧台の大鏡に顔を映したシャロンは、頬全体に埃《ほこり》がついているのを見て驚いた。公園でそよ風に吹かれて乱れ放題になったくしゃくしゃの髪、唇には口紅のあとさえない。リー・ブレントがああも冷やかすような笑みを浮かべていたのは無理もない。

顔の汚れを落としてから軽くメーキャップをして、髪もとかすことにしたのは、よく見せたいというよりプライドの問題だった。靴をはくと多少自信が出てきたが、それでもまだ足りなかった。居間に行き、コーヒーをいれたリー・ブレントがそこに座って待っているのを見たシャロンは、また顔が赤らむのをどうしようもなかった。

「すみません、お待たせして」軽く明るい口調でシャロンは言った。「知りませんでした、あんなみっともない格好をしていたなんて」

それには答えず、リー・ブレントは彼の斜め前にある椅子をすすめ、銀のポットからカップにコーヒーを注《つ》いだ。「クリームかい？　それともミルクかな？」

椅子にかけながら、シャロンの中で悪意が頭をもたげた。「〝コーヒー賛辞〟はないでしょうか？」

「何だって？」驚いたような表情はつくり物ではなかった。

「粉末のクリームですわ」シャロンは言いかえた。

「本物の代わりに普通の人間が使うものです。悪くなることもありませんし」

灰色の瞳が不意にきらめいた。彼は黙ってコーヒーポットを下に置き、立ち上がってテーブルを回り、シャロンのほうへやってきた。

シャロンは彼に引き寄せられながら抵抗したが、ほとんど効果はなかった。彼の唇はシャロンの唇を開いて目的を果たし、両手はしっかりと彼女の背中を押さえていた。シャロンが抗《あらが》うのをやめ、彼の腕に身をまかせたとたん、彼の口づけはやさしくなり、気持とは裏腹にシャロンは相手に応《こた》えていた。クリーム色のシルクのシャツの下にあるたくましい体。ぴんと張りつめたその肩にシャロンの指はくいこんだ。

やっと、それも惜しむようにゆっくりと唇を離したリー・ブレントは、それでもまだ近すぎるほど近く彼女に寄り添い、余韻を楽しんでいた。

「普通の人間であるぼくとしてはね」彼は彼女の髪にやさしく語りかけた。「三十分前から、今みたいにしたいと思っていたんだよ。きみの脚は最高にきれいだ、血や砂にまみれていても、絆創膏が貼ってあってもだ！」

シャロンはだしぬけに相手から離れた。恥ずかしさに胸の鼓動が乱れた。この人には一時間ほど前に会ったばかりなのに、わたしはキスを許してしまった……あんなふうに。口づけを許すばかりか、自分に正直に言えば応えてしまった。シャロンは相手を正視できなかった。

「もう失礼しなければ」彼女は言った。「あの……もう遅いので」

「三時二十分前だよ」彼はその場を動かずに、謎《なぞ》めいた表情を浮かべてシャロンを見守っている。彼の口調が少し荒くなった。「驚くことはないだろう。さっき浴室でなにが起こっていたか、きみだってわかってたじゃないか」

それは否定してもむだだし、わたしだけが一方的にその気になっているのだと思ってましたと説明して、彼がそんなことを信じるかどうか。彼がこれまで知り合った女性たちはきっと賢明で世慣れていて、わざわざ言われなくても男の中に目覚めたものをそれと認めることができるのだ。シャロンは皮肉を装ってこの場を切り抜けようとした。

「だとすれば、わたしはなにをすることになってるのかしら？　あなたと今すぐベッドにでも飛びこむんでしょうか？」

相手はわざとらしく肩をすくめた。「それもいいな」

「やっぱりね！」

この一言は無視できないほど大きな効果をあげた。相手の唇が不気味に薄くなるのを見て、シャロンは皮肉が効を奏したのを知った。彼女はささやかな満足感を味わった。

リー・ブレントが口を開いた。「きみがけしかけなければ、あんなことにはならなかったよ」

「わたしがけしかけたですって！」

「そうさ。もしきみにその気がなければ、コーヒーはどう飲むものかぼくに説教して、さっさとここを出ていったろうな」

シャロンは黙っていた。口がきけそうになかった。一瞬おいて彼女は椅子からハンドバッグを取り、それを盾かなにかのようにしっかり抱えて、よろめくように部屋を出た。玄関のドアのところで彼女は立ち止まり、財布の中を探って三枚のポンド紙幣を手にし、激しい勢いで床に叩《たた》きつけた。

「ストッキングのお代です！」

追いかけられるとシャロンはなかば予想していたのに、リー・ブレントは追ってはこなかった。エレベーターを待ちながら、シャロンは手足の震えを抑えようとした。ちっぽけな腹いせの代償よ――彼女は自分に言い聞かせたが、良心の痛みも感じていた。さっきのリー・ブレントの言葉には真実の部分もあった。まだあそこにいれば自分がなにを求めるかわかっていながら、わたしはあんな態度をとってしまった。

エレベーターから逃げるように出てきたシャロンをドアマンは異常な関心をもって見守った。こうして彼の目の前を通り過ぎる女性が何人いたことかと、シャロンは思わずにはいられなかった。

「ブレントさまがお送りしないようでしたら」と彼は声をかけてきた。「タクシーをお呼びいたしますよ」

シャロンは首を振った――階上《うえ》であんなばかげたことをしてしまって、もうタクシー代もないわ。また銀行へ行かなければならない、まだ水曜日だというのに。給料を週ごとに分けてなんとかやりくりしている彼女には、あんなことをする余裕などないのだった。今週赤字が出れば、来週分に手をつけることになり、どこかで倹約しなければならない。それでもシャロンはあの突飛な行動を後悔しなかった。リー・ブレントの顔に浮かんだ表情を思うと、いくらかは慰められた。

もうオフィスに戻るには遅すぎた。明日の朝までなにか適当な言い訳を思いつけばいい――シャロンはケニントンまで地下鉄で行き、またバスに乗って、やっと寝室と居間兼用の一間きりの部屋にたどり着いた。さっき彼女があとにしてきたアパートと比べれば苦笑がもれそうなわが家だ。でも清潔だし、ローンを支払い中だけど、家具だってほどよく備えてある。シャロンはそう自分に言い聞かせた。家主の女性も借り主が快適なようにと気を配ってくれている。

ほかにも二人住んでいるが、どちらも若い男性で学生だった。浴室を共同で使うというのは、順番制がうまくこなせるようになるまで、シャロンには実にやっかいだった。

七時ごろ、シャロンと同じ階の住人が彼女の部屋に立ち寄った。彼女より二歳年下のグレッグ・カルヴィンは陽気で外向的で、誰でも彼でも抱きしめる人なつこい性格の持ち主だ。もし弟がいれば、グレッグみたいな男の子がいいと、シャロンはしばしば思った。

ジーンズに袖口《そでぐち》とウエストが締まったボマー・ジャケットという彼のいつもの格好を見て、今夜のシャロンはその日の午後に出会った男と彼を比べずにはいられなかった。公平じゃないわよ、と彼女はすぐに認めた。同じような境遇であれば、グレッグだってきっとあんなふうにあかぬけた姿をしているわ。とにかく、着るもので人間が決まるんじゃないんですもの。

グレッグは長居をして、シャロン自身は食べる気もなかった夕食をごちそうになってから、がり勉をするのだと自室に引き上げた。膝の傷も手の傷もまだ痛む。シャロンは十時にベッドに入ったが、それから一時間以上も暗闇《くらやみ》の中で横になったまま、同じことばかりきりもなく考えるのはやめようとむなしい努力を続けた。そして、やっと眠りについた。

翌朝出勤すると、電話くらいしたらどうかとほのめかされたものの、言い訳は必要なかった。あの出来事が起こったとき、シャロンが乗りそこなったバスに同僚のモーリーンが乗っていて、一部始終を目撃したらしい。

「とても魅力的な男性だったじゃないの、あなたを助け起こしてくれた人」モーリーンが休憩時間に言いだした。彼女はにやにやしているが、悪意はない。「あれは、いつでも足もとに女をはべらせている男ね、絶対に！　あのあと、どうなったの？　わたしが見たのは、彼があなたを支えて連れていくところまでなのよ。運のいい人もいるものよね！」

「地下鉄の駅まで車で送ってくれたのよ」シャロンは即座に出まかせを言った。モーリーンに車に乗るところを見られたかどうかはわからない。「わたしったら、すっかりあわててしまって、うちに帰ることしか考えられなかったの」

「お気の毒さま」モーリーンは同情するような顔をしてみせた。「気絶でもするべきだったわね――彼、人工呼吸をしてくれたかもしれないわよ」

シャロンは顔がほてるのを感じ、気持を悟られてしまいそうなため息をごまかすために声をあげて笑った。「あなたの考えそうなことだわ！」

「そうよ、そういう好機をむだにしちゃいけないわ。しょっちゅうめぐり会えるわけじゃないんですからね」

グロヴナーのアパートを不意に思い浮かべて、シャロンは悲しげにほほえんだ。あんな場所にあこがれるとしても、それさえ夢の中だけのこと、それだけは確かだわ。

週末が来て去り、また月曜日の朝がめぐってきた。季節はずれの暖かい日差しに、シャロンは説明しがたい衝動にかきたてられ、自分の容姿にいつにない関心を持って、ダークゴールドの髪が輝くように映える濃い黄色の薄手のスーツを着た。ロンドンに来て以来、衣類は最小限必要なものだけを買って、あとは前から持っているもので間に合わせている。このスーツはボルトンを去るほんの数週間前に買ったもので、ロンドンではまだ一度も手を通していなかった。これなら特別なときに役に立つとシャロンは思っている――もっとも、そんなことは起こりそうにないが。勤め先の若手の男性の一人や二人と出かけたことはあるが、時たまデートする以上には進展しなかった。シャロンにその気がなかったからだ。

ちょうど昼前、会計課にやってきたそのうちの一人マーチン・ダンがシャロンのデスクの横で足を止めて、ほれぼれしたように黄色いスーツに目を走らせた。

「水仙みたいだね」彼は言った。「すごく春らしいよ！　今夜の予定は？」

シャロンはすぐに答えなかった。相手の次の質問はわかっているし、今夜マーチン・ダンとつき合いたいとも別に思わない。といって、ほかにどうするの？　自分の部屋で本でも読みながら長い孤独な時間を過ごすの？　マーチンはわくわくするような話し上手じゃないにしても、いい人だわ。わたしは自分を幸福と思うべきよ。

「別に」と言って、シャロンはほほえんだ。

相手も満足そうにほほえみ返した。「オデオン座にいい映画がかかっているんだ。もう観《み》た？」

シャロンはあきらめたように首を振った。映画館なんて、夜には一番行きたくない場所だけど、今夜はマーチンが費用を持つのだから。

「よし、まずは腹ごしらえだな。楽しみだね」

モーリーンは隣のデスクで聞き耳をたてていた。

「彼、自分のこと言ってるのかしら？　それとも、あなたがっていう意味？」マーチンが離れていくなり彼女が皮肉を言うので、シャロンは笑った。

「たぶん、どっちもってことでしょう。やめなさいよ、モーリーン。マーチンはいい人なんだから」

「あなたの好みじゃないくせに」

ユーモアといらだたしさが闘い、ユーモアのほうが勝ちをおさめた。「そうかしら？　わたしの好みって、どんなのを言うの？」

「知るもんですか」モーリーンは肩をすくめたが、やがて生き生きした顔になって、「あ、知ってるわ。いつか、道であなたを抱き起こしたような人よ。やさしくて、洗練されてて――お金持で！」

見抜かれてしまった、とシャロンは思った。でも、モーリーンに他意はないのだから。シャロンはまた笑った。「お金で人間の価値が決まるわけじゃないわ」

「あら、決まるわよ。特に、その人が生まれながらにしてお金持のときはね」わざとらしい間をおいてさらに言う。「あなたはわたしよりも近くで彼を見たんじゃないの。どう？　生まれながらのお金持みたいだった？」

　シャロンは突然喉がつまった。「そんなこと、わかるわけがないわよ。けがのことで頭がいっぱいですもの、そこまで気が回らなかったわよ」

「いいえ、あなたはちゃんとわかったはずよ」不信感を隠そうともしない。あの日の午後シャロンが欠勤したことについて、モーリーンには彼女なりの見解があるらしい。「いずれにしろ、彼とあなたが再会する見込みはほとんどないけど」

「そうよ」シャロンはいくらかこわばった口調で相《あい》槌《づち》を打った。「あたりまえじゃないの」

　そのことについては二人ともまちがっていた。五時にシャロンがマーチンとオフィスのある建物から出てくると、その彼が銀色のベンツのドアに寄りかかっていた。着ているスーツも背後の車とほぼ同色で、シャロンを見るなり身を起こしたリー・ブレントは、彼女の横にいる男も、二人のあとから外に出てきた人々の好奇のまなざしも、気に留めなかった。

「行こう」そう言って、彼は助手席のドアを開けた。

　足に根が生えたように、シャロンは彼を見つめるばかりだった。この場の沈黙を破ったのはマーチンだった。

「これはどういうことだ、シャロン？」うろたえた口調は仕方のないところだ。「きみは今夜、予定がないんだと思っていたのに」

「ええ……そうよ」シャロンはやっとわれに返り、

あごをつんと上げてリーの灰色のまなざしを見据えた。「なにか勘ちがいしていらっしゃるんじゃないかしら」

相手はゆっくりと微笑を浮かべた。「そう、それについてぼくたちは話し合う必要があるんだよ。けっこう時間がかかったよ、きみを見つけるのに。自分で車に乗るかい？　それとも、ぼくが乗せてやろうか？」

マーチンは顔をこわばらせていた。「ぼくが勘ちがいをしていたんだな」彼は言った。「さよなら、シャロン」

青年は足早に去っていき、リー・ブレントは車のドアに手を置いたまま、眉を片方上げた。「どうする？」

建物の入口に立って見物している興味津々のモーリーンを意識して、シャロンは最も抵抗の少ない方法を選び、自分で車に乗りこんだ。車が動きだすと、やっと彼女は口をきく気になった。

「これはどういうことなのか、わたくしにはよくわかりません」シャロンは堅苦しい口調で言った。「言うべきことがおありなら、さっさとおっしゃってください！」

「今はだめだ」相手は振り向きもしないで言い返した。「ぼくは別に考えることがあるんでね。この混雑を抜けるまで、静かにしててくれよ。あとでたっぷりお相手するから」

「どこへ行くんですか？」声をとがらしてシャロンが問いただすと、相手の口もとがゆがんだ。

「ちゃんと人のいるところだ、心配ないよ。気を楽にしたまえ」

走る車から飛び降りない限り、シャロンとしては深々とシートにおさまって、どこであろうと目的地に着くまで待つしかない。ピカデリー・サーカスから伸びるシャフツベリー・アヴェニューをそれたあたりにあるパブがドライブの終点だった。ラウンジ・バーを通って奥の静かなテーブルへと、リー・ブレントはシャロンを案内した。店はたった今開いたばかりらしく、客はまだちらほらといった状態だった。一時間もすれば満席になるのだろう。

「トニックにします」リーになにを飲むかときかれて、シャロンは言った。「お酒には時間が早すぎます」

シャロンにとってはそうでも、リーの味覚に時間は関係ないらしい。バーから運んできた彼のグラスの中の液体の色がそう語っていた。といって、彼はそれを一気に飲み干すわけでもなく、グラスを両手でゆっくりと回しながらテーブル越しにシャロンを見た。

「まずはじめに」とリーは言った。「たいしたことじゃないが、ぼくはきみのお金をいくらか預かっている。それをここではきみに渡したくない。たまたまこっちを見た誰かに誤解されるかもしれないからね。だけど、いざ渡すとなったら、きみに突き返されたくはないんだよ。わかるだろう?」

「あれは、あなたに差し上げたわけではありません」シャロンは言い返した。「あなたがわたしにくださったストッキングのお代です」

「そんなことはわかってる。あのジェスチャーは大成功だったよ、あれできみの気がすむんならね」リーは後悔しているような口調だった。「しっぺがえし、というか、あんなことを人からされたのは初めてだな!」

先手を打たれたシャロンは疑わしげに相手を見つめたが、彼の表情に冷やかしの色はなかった。

「ぼくはずいぶんと、まわりくどい言い方をしてるけど」とリーは先を続けた。「ぼくの見込みちがいだった、と言いたいんだ。だから、謝るよ」打ち明けて胸のつかえが取れたといった様子でリーは深々と椅子に寄りかかり、言葉を失っているシャロンをいぶかしげに眺めた。「どう?」

「謝罪はお受けします」それしかしようがないじゃないの、とシャロンはひそかに相手の勝利を認めた。

「どうしてわたしの勤務先がわかったんですか?」そうたずねるのが精いっぱいだった。

「方法はいくらもあるよ。重要な問題かい?」

「いいえ」とシャロンは認めた。

「じゃあ、そんなことは忘れようじゃないか。代わりに、きみのことを話してくれよ」

「なぜですか?」

「知りたいからさ」シャロンの表情を見て、リーはにっこりした。「本気だよ。どの辺の出身なの? かすかに訛《なまり》があるけど、目立つほどじゃないな」

一応彼の関心は本物に見える。しかし、どう探りを入れられても、シャロンは余計なことは答えまいとした。ついに相手はあきらめて、軽く肩をすくめた。

「ぼくは信用されてないな」彼は言った。「きみをとがめるわけにはいかないけどね」彼はたばこをすすめ、シャロンが断ると自分のために一本火をつけて、金色のライターをポケットに戻しながら煙の向こうからシャロンをじっくり眺めた。

「ゼロからはじめよう」相変わらずの明るい口ぶりで彼は言った。「ぼくはリー・ブレント。未婚、純情で、まだ恋も知らない。きみをディナーに連れていきたくてたまらない」

シャロンは笑わずにはいられなかった。自分がもう降参していることを知りつつ笑っていた。動機が何であろうと、こんな雰囲気のリー・ブレントにはとても抵抗できない。

二人で食事をした場所の名前をシャロンは覚えていないが、ボーイ長はフランス人で、リーはそこに自分の気に入りのテーブルを持つ得意客だった。そこではもう、彼女はリーとすっかり打ち解けていた。コーヒーを飲みながら、気がついてみればシャロンは相手からちょっと促されただけで、ドロシー叔母のことやロンドンでの生活の寂しさについて打ち明けていた。リーはほとんど口をきかなかったが同情と理解がうかがえて、そのことにシャロンは心を引かれた。小さなダンスフロアに出て踊ったとき、彼は周囲のみんながしているようにシャロンと頰を寄せ合い、彼女の両手を軽く胸に押し当てて踊りながらも、極端に引き寄せるようなことはしなかった。シャロンは音楽が一晩中続いてほしいと思った。そろそろ帰ろうかと言われてうなずいたものの、とても喜べない気持だった。

ともあれ、車に乗ったが最後、シャロンは今宵《こよい》のフィナーレにリーのアパートへ招待されるのではないかと予想していたのだが、車はテムズ川を渡り、下流に向かった。二人ともあまりしゃべらなかった。シャロンは沈んでいく気持と闘っていた。今夜はすばらしかった。でも、なんて早く過ぎたことだろう。リーとはもう二度と会うこともないだろうし。今夜のことは彼流のお詫《わ》びのしるし、それだけのことよ。彼はいい人だわ。

車が止まらないうちから、シャロンはドアに手をかけて降りる用意をしていた。

「楽しい夜でした」彼女は言った。「ありがとうございました」

「逃げるなよ」リーの口ぶりは穏やかだった。「明日の晩の予定は？」

シャロンは振り向いて、近くの街灯の光に照らし出されたリーを見た。「まさか……」

「条件なんかないよ。きみに会いたいだけだ」リーは片手を伸ばしてシャロンの頰を軽く撫《な》で、思わず彼女が震えるのにほほえんだ。「きみは変わってるね、シャロン。きみのような娘《こ》には会ったことがないな」

触れられたところがほてってくる。シャロンはリーにやめてほしい気持ともっと続けてほしい気持の板ばさみにあっていた。「どういうふうに変わっているんですか?」シャロンはたずねた。

「また今度教えてあげるよ。今週はぼくがきみを独占するからね」リーはちょっと黙り、シャロンの顔を見守った。「異議があるかな?」

「そう言われても」気持が混乱して、シャロンは口ごもった。「リー……」

「言っただろう、条件なんかないって。きみ次第なんだから。芝居は好きかい?」

「ええ、大好きです」シャロンは無理に笑った。「最近の入場料では、しょっちゅうは行けませんけど」

シャロンの言葉の後半をリーは無視した。「ミュージカル? それとも、堅いほう?」

「あとのほうです、でも……」

「切符を用意しておくよ」彼の手がシャロンのうなじに回った。彼はシャロンを引き寄せ、束《つか》の間やさしすぎるほどにそっと唇を合わせた。「こうすれば保証になるかな?」

「そんなふうに思われていたんですか?」シャロンの目が輝いた。「わたし、そんなに変わっていませんし」

今度はリーが笑う番だった。彼はいっそう彼女を抱き寄せ、口づけにはさっきよりもさらに熱がこもっていたが、いつか彼女が体験したあの初めての彼のキスの激しさには及ばなかった。シャロンは正直に反応した。彼女をこれほどの気持にさせた男は初めてだった。彼と一緒にいるだけでシャロンは気持が激しく乱れた。

「もういいよ」奇妙な口調で、やっとリーは言った。「ぼくも人間だからね。明日の晩、七時に迎えに来るよ」

リーの車を見送ってからシャロンは部屋に入った。彼の唇の感触がまだ残っているようだった。なぜリーがわたしと交際したいのか、理由はどうでもいい。その事実だけが今は大切なのだから。モーリーンが言ったような好機を利用してもいいじゃないの。深みにはまりそうな危険を感じたら、いつでも逃げ出せばいいのよ。

2

劇場へは二回。毎夜場所を変えてのディナー。午前二時まで踊ったときは、ピムリコあたりの終夜営業のスタンドでコーヒーを飲んでお開き。金曜日ともなると、シャロンはほとんど目も開けていられない状態で十時に出勤した。

「ほら、ごらんなさい」隣の席からモーリーンが分別くさい意見を吐いた。「無理はいけないってことよ」そこで彼女はちょっと黙った。シャロンには理解しがたい表情を目に浮かべている。「あなた、ボーイフレンドが何者か教えてくれなかったわね」

「あら、教えたじゃない」シャロンは当惑していた。

「リー・ブレントよ」

「彼について知ってることはそれだけなの？」

シャロンはモーリーンに核心をつかれたのだった。

そういえば、リーとわたしは彼自身のことは一度も話題にしていない。そんなこと、わたしはたいして気にならなかったわ。ほかに気を奪われることがたくさんありすぎて。

「そう言うところをみると、あなたは知ってるつもりなんだ」シャロンは逆襲した。「それが当たってるかどうか、教えてあげるわよ」

モーリーンがシャロンのデスクに投げてよこしたのは数週間前の新聞だった。紙面のトップに結婚式の大きな写真が説明つきで載っていた。シャロンの目に飛び込んできたのは左方に写っているリーの顔だった。彼女にはもうおなじみのちょっと顔をゆがめたような微笑を浮かべている。花嫁もどこかで見たような、ダークヘアで活発そうな女性だ。ブロンドの花婿にはシャロンはまったく見覚えがない。

「なあに？　これ」シャロンは言った。「この花婿は彼じゃないわよ」

「読んでごらんなさいよ」モーリーンはしつこかった。「うちの母が先月の新聞を整理していたときに、わたしは見たい広告があって、それを探しているうちに見つけたのよ。花嫁は彼の妹よ」

そうだったの――うれしくもない記憶がシャロンの胸によみがえった。わたしはまだ彼女のストッキングを使ってるわ。彼女とリーはそっくりの美貌《びぼう》で、両者の間には男と女のちがいがあるだけだ。ローラ・ブレント――から、彼女は今はローラ・マッシーになったのだそうだ。

あとは一瞬にして理解できた。ブレント・インコーポレイテッドですって――まあ、リーはこういう人なの？　リーの隣に立つ年配の男性にシャロンは目を留めた。髪は灰色だが、顔には見まちがえようのない面影がある。リーのお父さまかしら？　この会社の名前、前にどこかで聞いたわ。

「まだわからないの？」モーリーンの声が勝ち誇ったように響いた。「彼があなたに言わなかったことはね、彼は――っていうか、その会社は今わたしたちがいるこのビルの持ち主だってこと。それどころか、世界中に数え切れないほどのオフィス用のビルを持っているってこと。ブレントウッドのホテルチェーンって聞いたことあるでしょう？　あれもそう。わたしが知ってるのはここまでだけど、きっともっとあるわよ。あの会社はおおまかに言えば不動産会社で、億万長者の大企業だそうだけど、彼のお父さんが会長だから、あなたのリーは次期会長ね。一人息子だから」

「わたしのリーなんかじゃないわよ、彼は」シャロンの声は彼女自身の耳にも鈍く響いた。「つき合いだしてからまだ一週間にもならないわ」

モーリーンは同情するように口調がやさしくなった。「シャロン、彼はあなたのことをおもしろがっているだけだって思えない？　あの人の立場からしたら、望めばどんな女性でも自分のものにできるのよ」

「じゃあ、どうしてわたしみたいなただの女の子をわざわざ相手にするのかしらね？」シャロンは努めて平静な声で、自分のために結論を出した。「正直に言うとね、モーリーン、そんなこと、わたしは本当にどうでもいいのよ」

「そうよね。あなたは彼に恋してしまったんだものね。無理ないわ、あの人が相手では」

「でも、彼の狙《ねら》いは一つしかない。それが手に入れば、彼はわたしを惜しげもなく捨てる――あなたはそう言いたいの？」

「まあ、そんなところね」ニーリーンはばつが悪そうだった。「ねえ、シャロン、わたしは批判してるわけじゃないのよ。あんな人と知り合えたら、わたしだって夢中になるわよ。ただね、彼は別の世界の人なの――あなたの想像以上にね」

わたしは想像することも自分に許さなかったんだわ。知りたくなかった――それが本当のところかもしれない。

「ごめんね」モーリーンはシャロンの様子を見て、そう言った。「わたしは口をつぐんでいるべきだったようね」

それっきり、モーリーンは気をきかせてなにも言わなかったが、シャロンはなかなか仕事に集中できなかった。こんなことがいつまでも続くはずはないって、初めからわかっていたじゃないの。今夜がリーと最後のデートになるなら、思い出に残るようなものにしよう。

リーは約束の八時に迎えに来た。今や乗り慣れたベンツにゆったりとした動作で乗り込んだシャロンは、明るくふるまってふさいだ気分を隠そうとした。

街を中ほどまで来たところで、リーがそっけなく言った。「きみはしゃべりすぎるよ。どうしたんだ?」

長い間があった。ついにシャロンは言わなければならなかった。「あなたは教えてくださるべきだったわ」

リーは前方の道路から目をそらさなかった。「教えるって、いったいなにを?」

「あなたの会社のことです」告発するようにそれは聞こえた。「あなたはどういう人か、なぜ言ってくださらなかったの? リー」

「ぼくがどうやって生計を立てているか、きみは一度もきかなかったよ。ただの勤め人でないことはわかっていたんだろう」彼はじれったそうな目つきだった。「そんなに神経質になるのはやめてくれよ。きみがどんな仕事をしていようが、ぼくは少しも気にしないね。毎晩きみと一緒で楽しかったし、きみもぼくといて楽しいんだと思っていたよ」

「そのとおりですけど」

「じゃあ、このままでいいじゃないか」

彼はこの交際を続けるつもりでいるの？　シャロンはぼんやりと自問した。じゃあ、いつまで？――どんな目的で？　リーからおやすみのキスをされるたびに、相手が抑制していることをシャロンは感じとったが、彼の自制はいつまで続くのだろう？

「どこへ行くの？」数分の沈黙があってから、シャロンは低い声でたずねた。

返事はすぐあった。「気分を変えて、うちで食事をしようかと思ってね。レストランから人を頼んで、いっさいまかせたよ。ぼくらが着くころには支度ができているだろう」

いよいよ一週間の大詰めだ。ろうそくの光に照らされた二人だけのディナー。甘い音楽がバックに流れて、たぶん、シャンパンも。

だからどうだっていうの？　シャロンは厳しく自分に問いかけた。だけど、わたしはリー・ブレントに夢中なの。愛は不信なんか超越するというわ。あとでわたしが泣くことになっても、それほど彼とは親密だったと思うだけよ。

大きな窓の近くに食卓は用意され、そこからの夕もやにかすむロンドンの眺めはすばらしかった。保温ワゴンには食事がすぐ食べられるばかりになっていて、メインディッシュはきれいなオレンジソースがかかった子鴨《こがも》の料理だった。

暗くした照明が、ろうそくの明かりと同じ打ち解けた雰囲気をかもしだしていた。シャンパンはない。飲み物は、前に一緒に飲んで、シャロンが気に入ったワイン。彼女は今夜もこれが気に入った。この飲み物は彼女にいくらか自信を与えてくれる。夜が深まるにつれ、彼女の決意はいよいよ固まってきた。

わたしはこの人を愛している、求められればベッドにだって行くわ。行きたいのよ。彼に抱かれたいのよ。リーを求める気持は彼女の中で嵐《あらし》のように高まっていた。

食後、二人は大きなソファに移ってコーヒーとリキュールを飲んだ。リーがレコードを取り替えるために立ち上がり、戻る途中でふと立ち止まって照明を消した。

「暗いほうが外の眺めはすばらしいよ」

肩にリーの腕が回って引き寄せられながら、シャロンは体を固くさせまいとした。予想どおりじゃないの。リーとしては完全にいつもどおりの行動に移ったのよ。しかし、さっきシャロンがあれほど意識した気持は、さらに強く意識されるにつれてしぼみはじめた。ウエストから胸へとゆっくり上がってくるリーの手の動きは欲求と拒絶が入り乱れる奇妙な感情をシャロンにもたらした。リーに触れたい、抱かれたい――でも、こんなふうにではなく。

リーはシャロンを抱きながら、彼女の目もとにキスした。彼は急がない、いきなり求めたりはしない――夜はこれからだと無言でわたしに教えてくれている。だからリーからこう言われたとき、シャロンにとって、それは強制にひとしかった。

「一週間にもならないのはわかっているよ」彼はつぶやいた。「しかし、これ以上ぼくは待てないんだ。シャロン……」

「いや！」シャロンはいきなり両手で彼の胸を押し、さっと立ち上がった。「だめよ、リー。わたし……気が変わったの」

リーは一瞬静止したままだった。暗闇《くらやみ》に近い中で、表情ははっきりとはわからなかった。

「きみがなにかを思いつめていたとは知らなかったな」彼は妙な言い方をした。「返事は質問があってからするべきじゃないのかな？」

「わかってます、あなたがなにをおっしゃるつもりだったか」シャロンはこの場から逃げ出したいくらいだったが、自分の気持はリーにきちんと知らせなければならない気がした。「あなたがわたしを捜し出した目的は一つでしょう、リー？」

彼の笑顔は思いがけなかった。「そうだよ、ぼくは目的があってきみを捜し出したんだ。つい二日前までは、それがなになのか自分でもよくわからなかったけどね」

「そんなこと言われて、わたしが信じると思っているんですか？」

「いや、どう見ても今のきみは、ぼくがなにを言おうと信じるような精神状態ではなさそうだよ」リーは立ち上がり、シャロンの逃げ道をふさいだ。彼は両手をシャロンの肩にしっかり置き、彼女は灰色の瞳から顔をそらすことができなかった。「シャロン、もしぼくがきみをベッドに連れていきたいだけなら、とっくにそうしていたよ」

シャロンはリーを見つめた。わけがわからなかった。「じゃあ、なにを……？」

「ぼくはきみに結婚を申し込んでいるんだよ」

シャロンはゆっくりと息を吐いた。体のこわばりが解けていき、奥のほうから湧《わ》き上がってきた喜びに瞳が輝いた。「リー……」

「さあ、答えたまえ」それは言わずもがなの要求で、彼は返事を承知していた。例の微笑が浮かんでいる。「いいのか？　いやなのか？」

シャロンはまだ驚きからさめなかった。が、彼の本心を疑うこともなく、彼のやり方をほほえましくさえ思った。「はい」と彼女は言った。「ああ、リー！」

「それでよし」満足そうな声だった。リーはシャロンを床からすくい上げてソファに座り直し、彼女を膝に抱いて唇を奪った。シャロンの頭の中は、こうしてリーとともに過ごす将来のことでいっぱいだった。リー・ブレント夫人――なんてすてきな響きかしら！　シャロンにはまだ事態が完全にのみこめていなかった。

リーの手がVネックのドレスの下にすべりこんだとき、シャロンはちょっと息をのんだ。彼の指は温かくてしなやかで、やさしく、それでもシャロンはその感触がひどく苦痛だった。彼女の体のわずかな緊張に気がついたのだろう、リーが顔を起こした。

「どうした？」リーは低い声でたずね、シャロンの胸から手を離した。「こうされるのはいやなのか？」なおも彼は言った。「ぼくのやり方がよくなかったのかな？」

「いいえ」その言葉を強調するように、シャロンは自分の手を彼の手に重ねた。「いやじゃありません。すてきです。ただ……」彼女は口ごもった。自分がなにを言おうとしているのかもよくわからなかった。

「なぜ、わたしと？」シャロンは突然叫んでいた。

「あなたは望めば誰でも手に入る人なのに、リー。なぜ、わたしなんですか？」

リーのまなざしがちょっと変化した。「どうしてそんなことを考えるんだ？」

「さあ」ちょっと口ごもってから、シャロンは言った。「あなたはまだ、あたりまえのこともおっしゃってないわ」

「きみを愛していると言ってないことだな」リーはちょっとほほえんだ。「きみはもちろんわかってくれていると思っていたんだろうな。プロポーズしたのは生まれて初めてだからね。世の中の台本どおりにいかなくても、許してくれないとね」

シャロンにとって、彼のすべてを許し、彼に彼女のすべてを与えてもいい瞬間だった。しかし、今度はリーのほうが弱気になった。

「いや、こういうことは待つことに価値があるんだろうな」そこでシャロンには意味のよくわからない間があった。「うちではね、ぼくの妹のために虚栄と虚礼という重荷を一つ降ろしたところなんだ。ああいったことの主役は、ぼくには耐えられそうもないな」

わたしだって、とシャロンは思った。事情が事情ですもの。彼女は口ごもりながら言った。「リー、あなたのご家族はどうなのかしら？ お父さまは認めてくださるかしら？ わたしのことっていう意味よ」

「なぜ父が認めなければいけないんだ？」

「それは、わたしが……あなたがたの世界の人間じゃないから」

「きみは気にしても、ぼくは気にしない。どこがちがう？――お金の問題か？」なにか言いかけたシャロンにリーはじれったそうな身振りをした。「そんなことは忘れろよ。重要なことじゃないんだから。きみが気にしなければ問題ないんだから。明日、父に会わせるよ――いや、日曜日にしよう。あの人は日曜日しか暇がないからね」リーは一瞬シャロンをうかがった。「もう送っていく時間だな」

わたしはリーと結婚する。まだ現実のこととは思えない。知り合ってまだ間もないのに。愛って、こんなふうに生まれるものなの？ でも、わたしにはたしかに愛なのだから、リーだって。そうでなければ、結婚したいなんて思うわけがないわ。

シャロンを送り届けたリーは車のエンジンをかけっぱなしにして、彼女におやすみのキスをした。

「明日は会えないよ」リーは言った。「一日ロンドンを留守にするからね。日曜日の朝の十一時ごろに迎えに来るよ」

土曜日は一日、シャロンは夢見心地で、天にも昇るような気分に浸っていた。気持が高揚している間に、シャロンは黄色いスーツとよく合う純白のブラウスにアイロンをかけ、唯一恥ずかしくない革のハンドバッグをつややかに磨き上げた。ブレント氏が彼の息子のような人であれば、なにも心配はいらない。もし、そうでなくても……いいのよ、リーはわたしを愛しているんですもの。そう思えば、わたしはどんなことにも立ち向かえるわ。

迎えに来たリーはベージュのウールのスポーツジャケットとスラックスでカジュアルに装い、クリーム色のシャツの襟を開けて、スカーフを巻いていた。ここ一週間の彼とは別人のようなリーといると、シャロンは舌がこわばってものも言えない感じだった。

車はブロムリーへの道路を南へと向かっていた。話しかけても単調な返事しかしないシャロンに、リーが言った。

「後悔しているのか？」

「いいえ」リーを横目で見たシャロンは、突然、自分を悩ましている原因に気がついた。「あなたこそ後悔しているんじゃないかと思っていたんです」

リーはにっこりした。「とんでもない。父はぼくたちを待っているよ」

「お父さまに話したんですね？」

「話したよ」

その先をシャロンは待ったが、リーがなにも言わないので、彼女は無理してたずねた。「お父さまは、どう思われたかしら？」

「冷静に受け止めたよ」リーは乾いた笑い声をあげた。「きみに会うのを楽しみにしているよ」

「そうだといいんですけど！」

「また始まったな。やめてくれ。きみのほうは例の叔母さんに連絡したの？」

「いいえ」とシャロンは答えた。

「じゃあ、明日連絡したまえ――父の屋敷から電話してもいいんだよ」

「明日します」シャロンは急いで話題を変えた。「お屋敷はなんて呼ばれているんでしたかしら？」

「ホワイト・レディーズだよ」道端に待避所の標識

が現れた。リーはそこへ車を乗り入れて、木立の陰に停《と》めた。「グローブボックスを開けてごらん」彼は言った。

おそるおそる言われたとおりにしたシャロンは小さな革張りの箱を目にした。喉がからからになり身動きできないでいる彼女に代わって、リーが箱を手に取りふたを開けた。中には古風なダイヤモンドの指輪がおさまっていた。

「ぼくの祖母のものだったんだよ」リーが言った。「サイズは合うと思うよ。きみは祖母に体格が似ているからね。モダンなもののほうがよければ、来週にでも買いに行こう」

「まあ、とんでもない！　こんなにきれいな指輪なのに！」

「よし。このときのためにと、祖母はぼくに残してくれたんだよ。手を貸してごらん」

震えるシャロンの指にリーは指輪をはめた。「ぴったりだわ」息を止めて、彼女は言った。

「これで正式になったな」リーの口調になにかを感じたシャロンは彼の顔に目を走らせたが、相手の表情に特に変わったところはなかった。「挙式は五月にしよう。きみに親兄弟がいないとなると、式はこっちで挙げたほうが都合がいいな。きみの叔母さんと叔父さんにはこちらへ来ていただこう」

シャロンはすぐには言葉が出なかった。「なんだかもう全部計画なさってるみたいですね」

「不服かい？」

そう言われても、シャロン自身よくわからなかった。リーは主導権を握るのに慣れている人だけれど、わたしの人生も同じように支配するつもりなのかしら？　わたしもばかなことを考えるものね、と彼女は即座に決めつけた。彼がここまでしてくれたのは考えがあってのことだわ。シャロンは彼にほほえみかけた。「もちろん、異議はありません」

ホワイト・レディーズは村から少し離れたところにある、広大な地所に囲まれた緑の屋根に白い壁の上品な邸宅だった。白樺《しらかば》の木立が屋敷の名前にはふさわしく、車道に沿った花壇には水仙が群れて咲いていた。

邸内は暖かく、実にぜいたくにできていた。シャロンは家というものにはそれぞれの雰囲気があると思うのだが、ここはさしずめ満ち足りたという雰囲気がぴったりだった。彼女はすぐにくつろいでいた。

大きな正方形をしたホールの奥から堅苦しい服装で現れた五十代の女性が、二人を見て足を止めた。

「おはようございます、ブレントさま」口のきき方も堅苦しかった。「お父さまは図書室においでです。あなたさまがお着きになりましたら、おいでくださるようにとのことでございました」

リーはシャロンの腕に軽く手を添えた。「こちらはレイノルズさん。父のところの家政婦だよ」

自分に向けられた素早い値踏みと、さらに素早い結論とをシャロンは感じとった。相手は一瞬驚いたようなまなざしになったが、特に抑揚もない声で言った。「お二人ともおめでとうございます」

「ああ、どうも」いささかぶっきらぼうな礼の言葉を述べてから、リーはシャロンをともなって右手のドアに向かった。「父に会いに行こう」

図書室は書斎も兼ねているらしかった。二人が入っていくと窓際に立っていた男は振り向き、一瞬二人を眺めてから、前に進み出た。シャロンが新聞の写真から思い描いていたよりも老けていたが、引きしまった体つきで、今のリーがそのまま六十代になったような感じだ。

「そうか、あなたがうちの息子をついにまいらせた奇跡の女性か」彼はシャロンに向かって評価するような口ぶりで言った。「この子はゆうべ電話で爆弾宣言をやってのけたんだよ！」

「驚くことはないじゃないですか」リーが口をはさんだ。「お父さんはぼくに自分で結婚相手を探せと言い続けてきたんですからね」

父親は息子にそっけない視線を投げただけだった。「この子の外見の魅力に惑わされてはいけないよ。これは飛び切りのわがまま者だからね。こういう男と生活するのは地獄だよ」

「お父さまはいかがでしたの？」シャロンは意識して陰険な質問をしたのではなかった。「お二人とも本当によく似ていらっしゃいますけど」

笑ったのはリーだった。彼はちゃかすような表情で言った。「その質問に答えるべき母親がここにいないのは残念だな――答えが聞けたらおもしろかったのに！」

父親のほうは平然としている。少しの痛みもなく話題にされるほど、ブレント夫人はとうの昔に亡くなったのだろう。シャロンの応答にはブレント氏もちょっとめんくらっていたが、憤慨した様子でもなかった。「きみはわが家にふさわしい人かもしれないよ」彼はおもしろがっているような口ぶりだ。「庭をひとめぐりしながら、きみのことを話してもらおうか。それから昼食にしよう。ゆうべ息子から聞かされたのは、“待て、そして見よ”だからね」

シャロンはリーに訴えるようなまなざしを向けたが、応答はなかった。明らかにリーはシャロンの境遇の説明を彼女自身に押しつけている。彼から話した場合に父親が示しそうな反応がわかっているからだろうか？

「ぼくはもう庭は何度も見たから」のんびりした口調でリーは言った。「お二人でどうぞ。あとで昼食に行くときにぼくを拾ってください」

「あれはほうっておきなさい」何か言おうとするシャロンにリチャード・ブレントが声をかけた。彼はにっこりしてシャロンと腕を組んだ。「あの子なんかいないほうが、ずっといい」

陽光は暖かく絶好の散歩日和《びより》だったが、シャロンは別のことで頭がいっぱいだった。リーに声が届かない場所まで来るやいなや、彼女は言わなければと思っていることをだしぬけに言いだした。

「ブレントさん、わたしの経歴などについて質問なさる前に知っていただいたほうがいいと思うのですが、わたしにはなにも……たぶんあなたがお考えになっているようなものが、わたしにはなにもありません。リーはあなたにお話ししておくべきだったんです」

確固たる容貌に目につくような反応はなく、歩調に変化もない。「あの子はわたしになにを言うべきだったのかな？」

「わたしがロンドンで会社勤めをしていることとか……その会社はあなたが所有していらっしゃるビルの中にあるんです。それに、わたしの両親は労働者階級だったとか」

「だった、というのは？」

「わたしが六歳のとき、火事で亡くなりました。父はわたしを連れて逃げましたが、母は寝室に閉じこめられて、父は助けに家の中に戻りました。わたしははっきり覚えていませんが、そう聞かされてきました」

「誰がきみを育てたのかな？」リチャード・ブレントはたずねた。

「父の妹です」

「やはり労働者階級かい？」

シャロンのあごがわずかに上がった。「そうです。ブライアン叔父は工場の主任です」

「なるほど」長い間があった。「リーはそういうことを、どう思っているのかな？」

「わたしが気にしているだけだから、忘れるようにと言いました」

「言いかえれば、あの子は気にもしていないわけだ。わたしにはまた別の考えがあるかもしれない、と彼は言ったかね？」

「いいえ、でも……」

「わたしはおもしろくないよ。わたしがきらいなことの一つは、わたしの態度を最初から勝手に決めつけられることだ」

「すみませんでした」シャロンにはそれしか言いようがなかった。

「そう、それでいい。わたしは息子が身を固めることにしか興味がないからね。きみは彼を愛しているかい？」

「はい」シャロンはそっと言った。「愛していますわ！」

リチャードはシャロンの顔をじっくり眺め、やがて満足したようにうなずいた。「それが一番大事なことだ。リーは幸運な男だな。きみたちはどうやって知り合ったのかな？」

シャロンの、いくらか細部をはぶいた話を聞いたリチャードの顔には奇妙な表情が表れていた。

「すると、交際をはじめてからまだ一週間か」とリチャードは言った。「それはまた、二人ともずいぶんと早く決断を下したものだな」

「そんなことも、ときには起こりますでしょう？」シャロンはつぶやいた。「少なくとも、わたしはそうでした。リーも同じかどうかはわからないんですけど」

「同じだよ」そっけないような口調だった。「あれは、こうと決めたらすぐに行動するのがいいと思いこんでいるやつだからね。しかし、三十二歳だ。結婚生活が落ち着くまでちょっと時間がかかるかもしれないが、きみならきっと上手にやれると思うよ」

シャロンは笑った。「わたしたちはまだ結婚していません！」

ことが進んでいく速さにシャロンは息をのんだ。こうと決めたらさっさと行動するブレント家の人間はリーだけではなさそうだ。

リーは二人が戻ってきたのを見て、にっこりした。

「お父さんに言われて、シャロンは気を変えたんじゃないでしょうね？」彼は父親に言った。

「われわれはよく理解し合えたと言えるんじゃないかな。おまえたちがどうして知り合ったか、シャロンに教えてもらっていたんだよ」

「そうですか。運命というのは不意打ちをやってのけるんですよ」

この短いやりとりにシャロンはなぜか狼狽《ろうばい》させられたが、ちょうど食事を告げる鈴の音がして、彼女はほっとした。

「鈴はちょっとやりすぎだがね」若者たちの先に立ったリチャードがユーモラスな口ぶりで言った。

「しかし、食事の時間のたびにレイノルズ夫人が屋敷のあちこちまで人をさがしに来るよりはずっといい」

「しかし、予定はすぐじゃないか」断固たる口調だ。「今日、きみがここにいる間に日取りを決めよう」彼はちょっとためらった。「きみは故郷で式を挙げたいだろうね」

シャロンはぎごちなく首を振った。「それはむずかしいと思います。わたしは故郷を捨てたと誤解されていますから。リーも式を挙げるならこちらで挙げたほうがいいと思っていますし——本当に式だけを、たぶん登録所で」

「いや、リーは妹と同じように教会で式を挙げるんだよ」その声には力がこもっていた。

「お父さまからリーに話してみてください」ちょっと言葉につまってから、思い切ってシャロンがそう言うと、リチャードはすぐに笑顔になった。

「まかせておきなさい。うちの家政婦とわたしの秘書がすべてアレンジしてくれるよ。まずきみから招待客のリストをもらうことになるな」

敷中わたしを捜し回ることを思えば、気が楽だよ」

「あのかたはこのお屋敷を一人でとりしきっていらっしゃるようですね」ホワイト・レディーズのような大邸宅となると、大変な仕事にちがいない。

「村から三人も手伝いが来ているよ。彼女はそんなに不当な扱いを受けているわけじゃない」リーが言った。

「おまえはいつも彼女には手厳しいな」そう言いながら、父親は息子を責めているようでもない。「彼女は実に有能だよ」

「有能すぎますよ。ここをホテルみたいに管理しているんだから」

「おまえはめったにここへ泊まらないくせに、なぜ文句を言うんだろうな」相変わらず穏やかな口ぶりだ。「結婚したら、どこへ住むつもりだ？　あのフラットは仮の宿としてはいいが、家族向けではないだろう」

「少し先走りすぎてはいませんか？」リーはおもしろがっているような声だ。彼はシャロンを見ている。「子供ができるのは、まだまだ先の話ですからね」

「おまえはなにもわかっとらん。とにかく、これはわたしたちみんなに関係のあることだからな」リチャードは立ち止まり、リーそしてシャロンへと素早く視線を動かした。「この屋敷はいずれ手放すつもりでいたんだよ。男の一人暮らしには広すぎるからな。そこでだ、このホワイト・レディーズを結婚の贈り物としておまえたちに譲ることを提案しよう」

沈黙が訪れた。シャロンとしては、とにかくびっくりして口もきけなかった。こんな美しい屋敷がわたしたちの家になるなんて。そしてあの庭。散歩をしたり座ったり、眺めてもいいし遊ぶこともできる。子供たちにはパラダイスだわ。リーの子供を産む――そう思うと、シャロンの体にかすかなおののきが走った。

男たちが彼女を見守っているのにシャロンは気づいた。年上のほうは理解ある顔で。若いほうは、どことなく困ったような表情をして。リーがまず、冷静な口調で言った。

「きみは今のアイディアが気に入ったようだね」

「気に入らない人なんていないるかしら！　ああ、リー、信じられないような気持よ」ふと、あることを思い出し、シャロンはリチャードを見た。「でも、どちらへ……あの、つまり……」

「もちろん、わたしは引っ越すよ」リチャードは微笑していた。口ごもったシャロンの言外の意味に腹を立てたのでないことは確かだ。彼はリーに穏やかにたずねた。「おまえの意見はどうかな？」

息子は軽く肩をすくめた。「ありがとう、としか言いようがありませんよ。ぼくたちの趣味に合わせて改装してもかまいませんね？」

「あら、今のままで申し分ありませんわ」シャロンが口をはさんだ。未来の舅《しゅうと》に彼の趣味が疑われているなどと思わせたくなかった。「直すところなんてありません！」

「きみはまだ、ここをろくに見てもいないくせに」

そう口走ったリーは、シャロンの素早い視線に、すぐ口調を変えて明るく言った。「昼食のあとで家中を案内してあげるよ」

「ぜひお願いします」そしてシャロンは、はにかんだようにリチャードを見上げた。「ありがとうございます。結婚のお祝いにこんなにすばらしい贈り物をもらう人なんて、わたしたちが初めてじゃないでしょうか」

リチャードは笑った。「わたしが怠惰な証拠だよ。なににしようかと頭を悩ませなくてすむからね。それに、ホワイト・レディーズがブレント家のものとして残ると思うとうれしいじゃないか」

昼食のとき、村の教会で式を挙げるべきだと父親からきっぱり言われたリーは、皮肉めかして片方の眉を上げてみせただけだった。

シャロンはリーと二人だけになるのを待ってから、おそるおそる言った。「リー、あなたが登録所の結婚式のほうがいいのなら、わたしもそれでかまわないのよ。わたしは本当にどっちでもいいんですから」

するとリーはにっこりして、肩をすくめた。「結局は同じことだな。教会のほうがうちの母にも気に入るだろうし。やたら体裁を気にする人なんだ」

シャロンは驚いて、さっと顔を上げた。「お母さまは亡くなられたのかと思っていたわ」

「悪かったな、きみにそういう印象を与えていたのか。両親は十年前から別居しているんだよ——もはや一緒には暮らせないとわかってから」

「離婚ではなくて？」

「ああ。二人ともそこまでする気はないみたいだな。ぼくは二十二歳だったから、自分の住居を持つことになった。ローラはまだ十五歳で、母親のところへ行ったよ。きみは父とぼくが似ていると思っているようだが——まあ、ローラと母が一緒のところを見てみたまえ。母娘《おやこ》というよりは姉妹だよ」

シャロンはわけもなく、今はリーとその父のことしか考えたくないような気がした。ローラとその母はまったくの未知数だ。

ここは、シャロンが想像していたよりもはるかに大きな邸宅だった。二階は八つの寝室と玉突き用のビリヤードルーム。寝室のうち四室はバス・トイレ付きだった。

一緒に戻って案内されたのは、すばらしい客間だった。アダム様式の典雅な暖炉にビロードのカーテン。続き部屋の小さな居間には、淡いブルーとグレーの女らしい雰囲気の家具が置かれていた。

「母の部屋だ」リーは簡単に言った。「ここへは、招《よ》ばなければ誰も入れなかったよ」

シャロンが一番気に入ったのは屋敷の奥の、テラスに面した、白いスタンウェイのピアノとブロケードを張った応接セットのある部屋だった。差しこむ午後の太陽が金色に輝いて、歓迎してくれているかのようだ。

「これ、どなたか弾くのかしら?」ピアノの閉じたふたや、なにものっていない譜面台を見て、シャロンはさりげなくたずねた。

「ぼくは弾かないよ」とリーが言った。「父がよく弾いてたけど、最近は聞いたことがないな」彼はシャロンをちらりと見た。「きみは?」

「少しだけ」彼女はほほえんだ。「ドロシー叔母がどうしてもと言うので、七歳のときから習いはじめて、才能があるとか言われましたけど。でも、演奏会に出たことはないの」

リーはピアノに近づいて、ふたを開けた。「ほら、開いてるよ。なにかぼくに聴かせてくれないか」

「今ですか?」余計なことをしゃべってしまったと、シャロンは急に後悔した。「でも……」

「特別な雰囲気がいるのかな?」そう言われて、シャロンは赤くなった。

「まあ、とんでもない」彼女は打ち消し、束《つか》の間うろたえたのをユーモアでごまかそうとした。「わたしのように下手なピアニストは、どう大目に見ても芸術家を気取る資格なんてありませんから。どんな曲がいいかしら?」

「まかせるよ。音楽は弱いんだ。聴くのは好きでも、なにを聴いているのかはいつもあやふやでね」

ピアノの前のスツールにシャロンが腰を下ろすと、リーはすぐそばの肘掛け椅子に座って脚を組んだ。観念したような様子だ。それを見て、シャロンは発奮した。大目に見てだなんて、たとえ好意を持ってもらえたとしても、わたしがリーに望むことじゃないわ。

ワルシャワ・コンチェルトの恐るべき最初の和音は、シャロンが求める効果を確実に発揮した。リーの顔がひもで持ち上げられたかのように、ぐいと上がった。シャロンは口もとをほころばし、リラックスして、ピアノの感触を楽しみはじめた。何カ月ぶりだろう、ピアノを弾くのは。

弾き終えて顔を上げると、リチャードが戸口に立っていた。何事かとおもしろがっているような目つきだ。

「華々しいね」彼は言った。「さて、次は穏やかな曲にしてもらおうか」

「今のはぼくへの当てつけですよ」リーもおもしろがっているらしく、灰色の瞳がきらめいた。「ぼくの鼻をあかしてやろうってわけです。シャロン、今度は徹底的に静かに弾いてみたまえ」

シャロンがシュトラウスのワルツを弾き終えたとき、リチャードは感心した様子だった。

「これのほうがいい。本当によかったよ。テクニックの不足は気持で補われている」

シャロンは思い切って言ってみた。「ぜひなにか聴かせてください。リーから、お父さまはブレント家でただ一人の音楽家だってうかがってます」

「もうこれからは一人じゃないようだ」誘うようにシャロンがスツールからすべり下りると、リチャードは上機嫌で、観念したように肩をすくめてみせた。「ああ、わかったよ。しかし、ひどい練習不足だからな」

どこへ座ろうかと振り返ったシャロンを、リーは自分が座っている椅子の肘掛けを叩《たた》いて招いた。シャロンがそれに従うと、リーは彼女の背中に腕を回し、片手は軽く彼女の腿に置いた。安定した姿勢をとろうとシャロンが椅子の背に腕をのせると、胸がリーの肩に触れ、リチャードが演奏する間、彼女はそれが気になってたまらなかった。

温かく打ち解けた雰囲気の部屋にこうして座り、音楽にたっぷり浸りながら、シャロンは約束された輝く未来を先取りしていた。わたしはリーが自慢に思うような妻になろう、と。

3

リーが励ますようにシャロンにほほえみかけた。「あと二時間で、ぼくたちは逃げ出せるんだから」と彼はささやいた。

逃げ出す。それも二人だけで。今夜はスイスだ。ルツェルン湖畔にある家で、使用人の好奇のまなざしから解放される。ブレント家所有の家がほかに何軒かあると知っても、もはや驚くシャロンではなかった。

客を迎える列を見渡したシャロンは舅《しゅうと》と目が合い、彼は素早くウインクをしてみせた。彼の横に立つ冷ややかな表情の女性がいなかったら、シャロンもウインクを返していたことだろう。つい一週間前に初めて母親のローナ・ブレントと会ったとき、シャロンは相手の落ち着き払った挨拶《あいさつ》の裏にある反感にたちまち気づかされた。事態がすでにあと戻りできない段階なので、ローナとしてはただもう不満の意思表示をしてみせるしかなかったが、そうされても、リーは不思議に動じなかった。

リーの妹のローラは悪感情を抱いているようでもなかった。婚約後の兄と初めて会ったときのローラは、笑いながら喝采《かっさい》してみせたくらいだ。「やったわね！」ローラは言った。「本当に実行したのね！」

確かに今日、リー・ブレント夫妻は誕生した。シャロンにはまだ現実のことと思えない。

新婦に付き添う乙女を一人で務めたモーリーンは、このときとばかり最高の男性であるリーにべたべたしっぱなしで、リーは苦もなく彼女をあしらっていた。シャロン側の招待客は片手で数えられるほどだったが、彼女の叔母と叔父はそこにいなかった。もちろん二人で贈り物をしてくれたし、その日の朝、電報もあった。しかし、ドロシー叔母は、ブライアン叔父が仕事を休むことはできないので、結婚式には出席できないと最初からはっきり言ってきていた。その結果、シャロンとともに祭壇へと歩み、リーに引き渡す役は赤の他人が務め、それが出席者全員の周知の事実であることをシャロンは痛いほど気づいていた。しかし、それももう終わった。前途にはもっと大事なことがいろいろ待ちうけている。

シャロンはモーリーンにともなわれて、リーより先に夫婦の寝室へ着替えに上がった。モーリーンは窓辺に行き、庭を見渡しながら、春の香りのする空気を胸いっぱいに吸った。

「まるで夢の世界だわね」モーリーンは言い、シャロンも同じことを考えていた。「あなたはきっと幸運な星の下に生まれたのよ！」気前のいい性格のモーリーンは、なおも言った。「ううん、そうじゃないんだな。リーみたいな男性を首ったけにさせるなんて、運がいいだけじゃないわよね。最高に幸せになってもらいたいわ、シャロン」

「ありがとう」シャロンは胸がつまった。「本当に夢のようだわ。わたしはもうすぐ目が覚めるんだって今も思っているくらいよ」

モーリーンは急に現実的になった。「あなた、着替えたほうがいいわ。旦那《だんな》さまが上がってくるわよ。一時間もしないうちに空港へ出発ですもの」

「そうね」シャロンもあわてた。「階下《した》に行ってていいわよ、モーリーン。一人でできるから。わたしが階段から花束を投げたら、必ずあなたが受け取らなくてはだめよ」

「今日は肘を特別とがらせてきたわよ」モーリーンはにっこりしてドアに向かった。「じゃ、またあとでね」

一人になったシャロンは着替えを抱え、浴室に入って鍵《かぎ》をかけた——こんなことをするなんて、ちょっと変な気もするけれど、リーはきっとわたしの気持をわかってくれるわ。彼の前で着替えもできるようでなくてはいけないはずだが、なにもかもが初めての今は無理だった。二人が二人っきりで、おたがいに心を許し合っていくために、今日からの三週間があるのだ。

浴室の開け放された窓からは、すぐ下のテラスの話し声が驚くほどはっきりと聞こえてきた。

「ほんと、美人だし頭も悪くないし、でも……ほら、わたしの言う意味、わかるでしょう。まさかリーが本当に実行するなんて思わなかったわ。あんな最後通牒《つうちょう》をリーに突きつけるなんて、パパがやることにしては最低よ！　あ、そう言われてもあなたにはわからないわよね」それはローラの声だった。彼女はそこでちょっと口調を変えた。「絶対に秘密よ、いいわね？」

「ええ、もちろんよ」知りたくてうずうずしている相手の声。「なにか大変なわけがありそうね！」

「まさか。ただし、わたしもはっきりは知らないのよ。パパとリーが話しているのを、たまたま聞いてしまったの。リーが自分で奥さんを見つけて結婚する気がないのなら、九月にパパが引退するとき、会長の職は従弟《いとこ》のロナルドに譲るっていう話なの。二カ月前かしら、わたしが結婚する直前のことよ。とにかくリーは言ったわよ。妻の一人くらい、通りで拾ってきますよって。そのとおりにしたのよね、兄は――彼女が自分で話してくれたわ。彼女、一週間でプロポーズされたんですってよ。幸いパパにも気に入られたし。パパはあの二人に結婚の贈り物としてこのホワイト・レディーズをあげたんだから。ジェイソンとわたしのときよりすごいわ――でもね、リーはずっとパパのお気に入りだったから」

ふん、と相手は鼻を鳴らしたようだ。「わたしにはリーが理解できないわね。どうしても結婚しなくちゃいけないんだったら、どうして自分の役に立つような奥さんを選ばなかったのかしら？　彼女なんか足手まといじゃないの」

ローラが笑った。「例えば、あなたのような人ってこと？」

「まあね。少なくともわたしたちは同じ世界の人間だわ！」

「それはそう。だけど、あなたとじゃ自由が奪われて、好き勝手にできないじゃないの。どこへ行っていたのかとか、外泊するたびに誰と一緒だったのかとか、あなたは知りたがるわよ」

「彼女はそうはしないわけ？」

「しないんじゃないの。リーの行動に口出しできるような度胸はないと思うわね。リーはそういうことは隠すでしょうし、心配ないわよ。悪事をごまかす名人ですからね、うちの兄は」

シャロンは全身がしびれたようになっていた。打撲傷を受けたかのようだった。通りで拾って――この言葉にすべてが言いつくされていた。リーはわたしと結婚した。わたしを愛しているからではなく、父親の挑戦に対する返答として。わたしを使ってリーは報復したのだ。突きつけられた要求に従いながら、相手の裏をかいた。

鏡に映った自分の姿にシャロンは一瞬目を留めた。純白の花嫁姿――シャロンは胸が痛んだ。純潔とは愚かさの代名詞なのだろうか。リーは確かに彼女を求めている。が、それは男が女に対して抱く欲望にすぎない。愛があろうとなかろうと、彼は今夜シャロンをベッドで抱く気でいるのだし、シャロンがそれに応《こた》えるものと思っている。それに対して彼女ができることといったら、答えは一つだけ。このまま続けるしかない。あと戻りするには遅すぎるのだ。

怒りが不意にシャロンを襲った。それでいいの？　わたしのプライドは、そんなものなの？　もう簡単に結婚を解消するのは無理かもしれないけれど、リーの陰謀にはめられたままでいなくてはいけない法律なんてないわ。彼と暮らすのなら、わたしのやり方で暮らすわ！

ドアをノックする音に、シャロンははっとした。

「まだかい？　シャロン」寝室からリーがたずねた。

「あと十五分で出発だよ」

どこからこんな自制心が湧《わ》いてきたのか、落ち着き払った自分の声にシャロンは驚いた。「すぐ終わるわ」

シャロンは鏡の中の白いドレス姿の自分を最後に一目見て、着替えにかかった。固く決意を秘めて陰気に曇る青い瞳。この目であの人たちみんなを見てやろう！　誰ももう、二度とこんなふうにわたしを痛めつけることはできないように。

シャロンがやっとリーの前に現れたとき、彼はもう濃いベージュのスーツに着替えていた。シャロンはクリームの濃淡のドレスに同系色のコートを羽織っていた。リーは彼女の選択に満足したらしい。

「色がうまく合ったね」やさしく話しかけたリーは、ちょっと言葉をのんで、シャロンを見回した。「きみはなんだか……変だよ」

「元気いっぱいなの」シャロンは答えた。「このつもりでくださったんでしょう？　先週の小切手」

「きみがなかなか受け取ってくれなかった、あれのことかい？」リーは首を振って、ちょっとほほえんだ。「あれは、毎月渡す小遣いの第一回分のつもりだったんだけど」

「新しい身分にふさわしい嫁入り支度をと思って、早々と渡してくださったのね」シャロンは浮かれた調子で言った。「文句を言ってるんじゃないわ。わたし、値段なんか気にしなくていいっていう考え方に慣れてしまったら、お金を使うのが楽しかったわ」

「それはよかった」リーの眉間《みけん》に一本、かすかな皺《しわ》が刻まれていた。シャロンはリーから目を離さなかった。彼はシャロンの浮わついた態度を神経が高ぶっているせいにしたようだ。彼は彼女に近づこうにも近寄れないでいる。「そろそろ行こうか。車が待っているだろう。ブーケを忘れちゃだめだよ——未婚の女性たちに一生恨まれるぞ」

「ほんと、しきたりですものね！」シャロンは花束を手に取り、優雅に束ねられた春の花々を見た。今朝はこれがなんのわだかまりもなく、彼女の心の中にあるものの象徴のように思えたのだが。「面倒なことはさっさと片づけてしまいましょう」

二人が階段の上に現れると、広い玄関ホールに集まっていた大勢の客たちから歓声があがった。シャロンは階段の途中で立ち止まり、見上げる人々の中からモーリーンの顔を捜し当てて、ブーケを投げた。

ところが、モーリーンの伸ばした指がそれに触れるより早く、そのうしろにいた背の高い女性が片手でさっと横取りして、勝ち誇った笑みを浮かべながら高くかかげた。その女性と目が合ったシャロンは、不意になぜか、さっきのローラの話し相手は彼女だと確信できた。だけど、どうでもいいことだ。自分の中に閉じこもっていれば安全よ——傷つくことはないわ。シャロンは今後この方針を貫くつもりだ。

続く熱狂の中を車はやっと通り過ぎ、リーはほっと息をついてシートに寄りかかった。

「やれやれ、終わったな」しみじみとリーは言った。「あんなことはもう、まっぴらだな！」シャロンに目を走らせた彼は口もとも目もともほころんでいる。「きみに離婚されたら、ぼくは一生独身で過ごすよ！」

ばかにしてるのね、とシャロンは思った。わたしにそんなことができるとは思ってもいないくせに。そのうちに驚くことになるんだわ。

「あなたと離婚だなんて、わたしがそんなことをするはずがないでしょう？」

「ないない、あるもんか」リーは仕切りガラスの向こうに運転手がいるのに、身を乗り出してシャロンにキスした。

シャロンは彼のなすがままにさせていた。お気の毒にね、そうやっていくら罪をあがなおうと、あなたは拒否されることになるんだわ。

暗くなってから、二人はルツェルンの別邸に無事到着した。町から少し離れたそこは湖の水際まで生い茂る木立に囲まれ、切妻屋根で破風《はふ》のある堅固な木造建築だとシャロンは大まかな印象を持った。中に入ると、何本もの垂木《たるき》がくっきりと目立つ広い居間にシャロンは目を奪われた。奥にある石の暖炉では薪《まき》が、まったく必要もないのにぱちぱちと燃えているが、火のはぜる音が歓迎の雰囲気をかもしだしているのは言うまでもない。

二人を出迎えた中年の夫婦の達者な英語は、シャロンの乏しいフランス語とは比べものにならなかった。リーから紹介されたアンリ・ドロンとその妻のシュゼットは、もう十五年もブレント家に仕えていた。彼らはきっと年とって引退するまで、この屋敷を守り続けるのだろう。

二人が泊まることになる寝室の窓には淡い金色のシルクのカーテンがすでに引かれ、床の厚い絨緞《じゅうたん》はクリーム色、並んだ二台のダブルベッドには窓にかかっているのと同じようにどっしりしたシルクのカバーが掛かっていた。ここにも大きな石の暖炉があったが、火は燃えていなかった。

シュゼットはシャロンを寝室続きの浴室に案内し、アンリは荷物を運び上げていた。広い浴室には美しい調度がそろっていた。バスタブの上にあるシャワーとはまた別に、シャワールームもあった。濃い茶色と金色のタオルが感じよくタオル掛けに掛かっている。

「こちらは大旦那さまと大奥さまがご一緒にみえたときにお泊まりになるスイートルームでしたの」シュゼットは言った。「今は大旦那さまは、小さいお部屋を使われるんですよ」一瞬、彼女の声は悲しげに聞こえた。「よかったですわ、このお部屋がまた使われることになって。いつもわたし、すぐ使えるようにしていましたから」

「本当に手入れがよく行き届いていること」シャロンはシュゼットを安心させたが、リーが戸口に現れたとたんに、今までの温かい気持が冷えていくのを感じた。

「二十分かそこらで食事にするからね、シュゼット」リーがフランス語で愛想よく言った。

「かしこまりました」輝くような笑みを二人に振り

まいて、シュゼットは出ていった。

リーは浴室の戸口に立ったまま、問いかけるように首をかしげてみせた。「気に入ったかい?」

「それはもう」冷淡な返事だった。「こんなところがきらいな人はどうかしてます」

彼のわきをすり抜けて寝室に戻ろうとするシャロンの肩をリーはとらえた。「シャロン、どうしたんだ? 困ったことでもあるのか?」

「疲れて、おなかがすいているだけです。それに、飛行機に乗ったのは初めてだから……まだ変な気持で」

「そうだったね」リーはシャロンの額に軽くキスした。「今日はくたくただな。二人でゆっくりとおいしい食事をとれば、落ち着くと思うよ。楽なものに着替えなさい。ぼくはあとで着替えるから」

シャロンはその提案に従った。数分でも一人になりたかった。予定どおり簡単に運ぶかどうかはわからなくても、シャロンの決心がにぶることはなかった。この結婚は偽りの結婚なのだから。

リーが行ってしまうとすぐにシャロンはスーツケースを開け、厚手の白いコットンのカフタンドレスを取り出した。ハイネックで、丈は足もとまであり、袖《そで》も長くたっぷりしている。シャワーをさっと浴びてそれを着込んだシャロンは、鏡に映る自分の姿には目もくれず、メーキャップなしの素顔のまま、髪は片手でざっと撫《な》でつけた。シャロンは超然とした、まるで自分自身を遠くから眺めているような気分だった。結婚の初夜もシャロンにはなんの意味もなく、通過するべきものでしかなかった。

リーは階下で、暖炉の前の大きなソファに座ってシャロンを待っていた。彼はジャケットを脱いでネクタイをとり、シャツのボタンを上から二つはずしている。二階のギャラリーから縮れたダークヘアを見下ろしたシャロンは、一瞬襲われた心のうずきに耐えた。こんな心の痛みや苦しみは彼女の望むところではない。シャロンはぜひとも、リーとあることを了解し合いたいのだった。

夕食は屋根のある細長いベランダの一角に用意されていた。二人のために美しくセットされた食卓には銀の燭台《しょくだい》が置かれ、ソフトで親密な雰囲気をかもしだしている。ベランダは月光を浴びて銀色に光る湖の上に張り出していた。その下はボートハウスだとリーは説明した。

「明日の朝は町まで出てみようよ」リーが提案した。「観光シーズンは始まったばかりだから、そんなにこんでいないだろう。ジャック・カボとコーヒーを飲もう。彼は湖畔にあるホテルのオーナーで、友だちなんだよ。きみはジャックが気に入るよ」リーはにっこりした。「彼なんか、きみを絶賛することブロンドに弱いんで有名なんだから」

「わたしはブロンドじゃありません、厳密に言えば」シャロンは逆らった。「染めて明るい色にするのはいつでもできますけど」

「だめだめ、だめだ」リーは大げさなくらいに言った。「今のままが好きなんだから」彼はテーブル越しにシャロンをつくづく見て、表情を変えた。「きみをここへ連れてきたのは、ぼくのわがままだったかもしれないな。三週間ずっとここにいなくてもいいんだよ。マルセイユに行って、ヨットで地中海めぐりをしてもいいし。きみは船には強いの？」

「さあ、どうでしょう」シャロンは言った。「イギリス海峡を渡ったのが一番長い船旅ですけど、海はいつも静かでした」

「じゃあ、フランスには何度も行ったことがあるんだね？」

「ブルターニュだけです。叔父と叔母にはキャンピングカーがありますから、夏休みにはそれを使うんです。わたしも十七歳までは一緒に行きました」こんなことはどうでもいい。わたしの胸を焦がす例のこと以外はどうでもいい――シャロンは慎重に言葉を選んで、話の本筋に戻ることにした。「ここにいようとよそへ行こうと同じです。状況は変わらないでしょうから」

シャロンの口調に、リーの目がちょっと狭められた。「きみの言うことがよくわからないよ」

「どうせわたしは通りであなたに拾われた奥さんですから」

「なにを言ってるんだ、きみは?」

相手がそっけないので、シャロンは妙に冷静になった。「わたしがさっき言ったことを否定なさらないんですか?」

「冗談じゃないよ、ぼくがいつ……」リーは不意に顔色を変えて、口をつぐんだ。「うちの父がきみにそう言ったのか?」

「ちがいます」

「じゃあ、どうして……」

「あなたがたの話を聞いてしまった人がいるんです」

「ローラか!」その名は爆発するような勢いで口にされた。「ローラならやりそうなことだ!」

「妹さんはあなたの道徳観を高く評価しているようです」シャロンは相変わらず冷静な言葉づかいだった。「お二人とも相手のことがよくわかっていらっしゃるのね」

「妹にぼくのことがわかるものか。十年も別々に暮らしてきたんだ」リーは口をつぐんだ。怒りはほかのなにかに譲歩したらしい。「シャロン、ぼくはそんなふうに思っていないよ。圧力をかけてくるから、出まかせを言ったんだ」ろうそくの光がちらちら揺れてリーの彫りの深い顔を強調し、あごの線をいかめしく見せた。「それをローラがきみに教えたのはいつのことだ?」

「いいえ。今日彼女が誰かとテラスで話しているのを、着替えている最中に聞いてしまったんです。わたしがあなたの妻としてふさわしいかどうか、あなたのお母さまも妹さんも同意見だということが、おかげでよくわかりました」

いきなりリーはけりをつけるような態度に出た。

「うちの母と妹の代わりに謝って夜を明かすつもりはないからね、ぼくは。ぼくの言ったことだって、きみと知り合う前の話じゃないか」リーはシャロンのほうに両手を差し出した。「シャロン……」

「いや！」リーの手が触れるより先にシャロンは立ち上がっていた。「なにも聞きたくないわ！」

ドアのところでリーはシャロンに追いつき、シャロンはぐいと手首をつかまれて立ち止まった。

「行くときは、ぼくと一緒に行くんだ」リーは厳しく言い渡した。「このことについては、徹夜してでも話し合おうじゃないか！」

二人がホールを横切って階段に向かう途中、ドロン夫妻の姿はなく、シャロンはほっとした。手首をつかむリーの手は鉄のようで、その顔はぞっとするほど恐ろしかった。なにが起ころうと、シャロンは迎え撃つ決意を固めた。

二人が食事をしている間に、寝室の暖炉には火が入っていた。リーはシャロンを暖炉のそばの椅子に座らせ、自分は立ったまま、判読しがたい表情でシャロンを見下ろした。

「なぜ今ごろになってそんな話を持ち出すんだ？」やっと、硬い口調でリーはたずねた。「きみはローラの話を聞きかじっただけで、ぼくの結婚の動機をさっさと決めつけたんだろう。すぐその場ではっきり言えばよかったじゃないか」

シャロンは身を護《まも》るように肩をそびやかした。

「考える時間が必要だったんです——わたしのこれからの行動を決めるために」

「で、どう決めたんだ？」

シャロンはひるむことなくリーの視線をとらえた。

「あなたと暮らします、リー。でも、それだけです。いやなんです……あなたに触れられるのは」

「なるほどね」判断しがたいリーの反応だった。「で、もしぼくにそういう事態を認める気がないとしたら？」

「認めなければならないでしょうね、あなたは。会長の地位が欲しければ」シャロンの声は低くこもっていた。「あなたの安定をお父さまは求めていらっしゃるのなら、半日にして結婚に破れたなんて、いい印象は持たれないでしょうね」

「脅しか？　ぼくが承知しなければ、今夜にもきみはぼくを捨てて出ていくというのか」

「そうです」

「きみがそこまでできるものか」

「やります」

リーの顔が不意に引き締まった。彼はシャロンの腕をつかんでぐいと立たせた。「そうはさせないからな！」

シャロンは動じなかった。「わたしは本気ですから、リー」

穴のあくほど彼女を見つめてから、リーは口を開いた。「読めてきたよ、きみの決意の裏に本当はなにが隠されているのか。きみはブレントの姓を名乗った瞬間に、この結婚に求めたものをすべて手に入れたんだな。それはぼくじゃない、ぼくに象徴されるものだ」

「お好きなように考えてください」シャロンは否定さえしなかった。

灰色の瞳が鋭い光を放った。「残念ながら、物事はそう簡単にはいかないんだよ。思い知らせてやろうか！」

引き寄せられながら、シャロンはリーの唇から逃れようとした。「言ったでしょう、さっき！」シャロンは叫んだ。

「ああ、言ったな。だからどうだっていうんだ！」残忍な言葉が返された。「きみはブレントの名前が欲しかったんだろう。それにふさわしい目に遭わせてやるさ！」

容赦ない、奪うような口づけだった。執拗《しつよう》に抱きすくめられて、シャロンは抗《あらが》うのをやめた。ぴったりと抱きしめられて愛撫《あいぶ》されるうちに、突然シャロンの体を熱いものが走り抜けた。体の内に湧き上がる激情をシャロンは感じた。体から力がぬけ、耳の奥で血管がドラムのように鳴り響く。急に気を変えたのかリーが体を離したとき、シャロンは失望しかけたくらいだ。

「勝手にするんだな！」リーは言った。「好きなようにしろよ！」短い間があった。「きみのさっきの提案だが――いいよ、それで」

シャロンは体を震わせた。「い、いいんですか？」

「なにをきみは期待していたんだ？　これで二人とも主たる目的がかなうわけじゃないか」あからさまにリーはせせら笑った。「うちの父なら、きみにはビジネスの素質があると言うよ」

急に、今になって、シャロンは最初のころに戻りたくなった。初めからもう一度、別の解決方法を探してみたかった。ローラのあけすけなおしゃべりにすっかり影響されていたシャロンは、感情を失った世界をさまよっていたのだ。リーを責めてからあとのことは考えもしなかった。シャロンが口を閉じてさえいれば、もともとの事実は変わらなくても、いつの日かリーが彼女に対する気持を深めることだってありえたのだ。しかし、もうその見込みはない。リーはシャロンが物質的な欲にかられて彼と結婚したのだと思いこんでいる。そしてそれは、彼にとってなによりも許しがたい、なおざりにはできないことなのだ。

シャロンは言った。「ご心配なく。ご期待にそうようにします」

「これで契約成立だな。きみは欲しいものがなんでも手に入る。ぼくは今までどおり自由にできる、というわけだ」

「自由をあきらめようなんて、本気で考えていたんですか？」

リーはシャロンをゆっくりと、わざとらしく見回した。「きみは一時の気晴らしになったかもしれないな。しかし関係ないな、もう」彼が不意に動いた。「さて、寝ようか」

シャロンは暗い目つきで体を固くした。「ここでお休みになるんじゃないでしょうね」

「ほかにどこへ行くんだ？　ぼくたちはハネムーンの最中ということになっているんだからね」

「わたしはかまわないわ。あなたがどうしてもここで寝るとおっしゃるのなら、わたしが別の部屋へ移ります」

「それはだめだ」リーは絶対に譲らない様子だ。「そういうことが噂《うわさ》の種になるんだよ。ぼくたちはこの部屋に一緒に泊まり、ホワイト・レディーズへ一緒に帰るんだ」リーはベッドに歩み寄り、枕《まくら》の下からきちんとたたまれたブルーのパジャマを取り出した。「ぼくはシャワーでいいから、きみが浴室を使えばいい」

水の流れる音が聞こえてきてから、やっとシャロンは部屋の中を見回した。荷物は解かれて、スーツケースはどこかに片づけられていた。シュゼットが荷物の中から彼女の好みで新しい女主人のために選んだナイトドレスが、もう一つのベッドの上に広げてあった。それはシャロンがこの夜のために自分のお金で買った白いナイロンの、細い肩ひものついたものだった。ふわふわと泡のように透けるそれをシャロンはひったくるようにしてたんすにしまいこみ、自分の目につかないようにした。彼女は作りつけの洋服だんすから綿ボイルのナイトドレスと化粧着を取り出した。

緊張と渇きにシャロンはさいなまれていた。本当はリーの腕の中にいたはずなのに。ぴったりと寄り添うあのたくましい引き締まった体、そして唇の感触を感じ、やさしい言葉をつぶやく彼の声を聞いていただろうに。名ばかりの愛、シャロンが思い描いていたような愛ではないにしても、それさえも彼女は放棄してしまった。

リーは素足で、しかしブルーのシルクのパジャマを着て戻ってきた。彼はシャロンのほうを振り向きもしないでベッドに入った。シャロンは浴室のドアをそっと閉めた。

再びシャロンがそのドアを開けたとき、リーは横向きになり、彼女の使うベッドに背を向けて寝ていた。規則正しい息づかいからすると、眠っているようだ。初夜を台なしにされても眠れるなんて！　あたりまえでしょう？　彼は初めてのはずがないんですもの！

暖炉の薪は燃えつきて赤くほのかに輝き、松の香りをあとに残していた。ベッドに入ったシャロンは枕もとの照明を消し、闇《やみ》の中に横たわって夜特有の家の物音に耳を澄ました。彼女はだいぶたってから、やっと眠りについた。

4

目を覚ますと目の前のベッドにリーの姿はなく、窓のカーテンが少し引かれて、太陽の光が差しこんでいた。ゆっくりと、しかし容赦なく記憶がよみがえってきた。シャロンは深いため息をつき、寝返りを打った。枕《まくら》もとの時計は九時半を指している。

突然意を決したかのようにシャロンは寝具をはねのけて起き上がり、ビロードの部屋履きをつっかけて窓へと歩き、カーテンを広く開けた。バルコニーに出られるガラスのドアがあり、暖かい陽光の中へ出てみたシャロンは、外の景色に気持がいくらか高揚した。

快晴の青空の下、まだ白い冠をいただく山並みを水がきらきらと輝きながら低地の森林地帯へとほとばしり、流れていく。湖をゆっくりとすべるように行く蒸気船、そこから岸までの間に小型の船が二隻浮かび、文句なしに調和のとれた絵になる構図だった。さわやかな空気を胸に吸って、シャロンはこんな日に悪いことなどあるはずがないと思うことにした。

小型の一隻が岸を目指してくるのを見守っていたシャロンは、それに乗っている男がリーだと知った。二人の間には距離がかなりあるのに、シャロンは部屋の中に戻った。再びリーと顔を合わせるときに向けて、心身ともに覚悟のできた状態でいたかった。

シャロンは数分でシャワーを浴び、白い麻の袖《そで》なしのドレスを着た。ついに決心して一階に下りていくと、シュゼットが元気よく羽根ばたきを使いながらホールの掃除をしていた。

「よくお休みになれました?」シュゼットがたずね

た。「ブレントさまに、奥さまを起こさないようにと言われていましたので。ボートでお出かけですよ」

「ええ、知ってます。バルコニーから見えたわ」シャロンはためらった。こんな時間に食事を頼んでもいいものかどうか。

「朝食は今、召し上がりますか？」相手が先にたずね、シャロンはほっとした。

「コーヒーとトーストでいいですから」シャロンは感謝の気持をこめて言った。「ごめんなさいね、お仕事中なのに」

驚きの表情がフランス女性の顔をよぎった。「どういたしまして、マダム。ベランダへお持ちいたしましょうか？」

「ええ、お願いします」シャロンはかすかに顔を赤らめていた。この家の女主人らしく話し、ふるまうことを覚えなければ。優雅さに欠ける高校生みたいなのはだめなのよ。

ベランダに通じるドアへ歩きながら、シャロンは鏡に映る自分の姿をちらりと見た。とても、期待される役を演じている顔ではない。ローラはシャロンを美人だと言ったが、あれはきっと〝つまらない〟という意味なのだ。きらめきがないし、妖《あや》しい魅力もない。洗練されたところがない。ゆうべのリーがシャロンとベッドをともにできなくてもさほど落胆しなかったのは無理もない。彼が女性と言えば、それはローラのような人なのだろう。落ち着きも自信もあり、美しく装える人。今シャロンが着ているドレスはため息が出るほど高価なのに、そうは見えない。彼女には着こなせないからだ。

シャロンがベランダに出ると、リーはボートハウスから階段を上がってくるところだった。ダークブルーのショーツとTシャツを着たリーは胸にも脚にも日焼けのあとがまだ残っている。二月にはここへスキーに来たそうだし、ロンドンでは最低週三回のスカッシュの練習を欠かさない。しなやかで筋骨たくましいリーはどこから見てもスポーツマンだ。リーの表情はサングラスにうまく隠れていた。近づいてくるリーに、シャロンはあとずさりしそうになった。

「シュゼットがコーヒーを運んできてくれるの」おずおずとシャロンは言った。「あなたの分も頼みましょうか?」

「来ればわかるよ」これがリーの返事だった。「ポットが一つで足りなければ、彼女はもう一つ持ってくるさ」リーは丸テーブルの下から黄色い布張りの椅子を引き出して腰を下ろし、立ったままのシャロンを見て眉を上げた。「座らないのか?」

シャロンは唐突ともいえる態度で彼の前の席に座り、手すりに腕をのせて、太陽にキスされている湖面を見渡した。「ボートは楽しかった?」

「ああ」心のこもった口調ではない。「ほかに人がいないときは、世間話なんかしなくていいよ」

シャロンは思わずリーに視線を戻していた。「いけないの……? 愛想よくしては」

「それを言うなら、礼儀正しくしては、だろう」

「わかったわ、礼儀正しくしましょう」シャロンは落ち着いた平静な口調をこころがけた。「三週間もここに一緒にいるとなると、黙りこくっているわけにもいかないわ」

「あと二日したら、マルセイユに移るよ」リーの唇に、例のゆがんだような微笑が浮かんだ。「あそこならクルー仲間とつき合えるし、どこの港にも友だちがいるからね。ヴェンチュラ号は楽しいよ、なかなかの船なんだ」

シャロンは喉につかえるものをのみこんだ。「どうしても行かなければならないの?」

彼は強硬だった。「そうだ。ゆうべぼくは、意味のないハネムーンを続けてもしようがない。だけど、予定を早めて帰っても何の解決にもならない、という結論に達したよ。となると、ぼくはヨットしか思いつかなかった。きみは必要な服があれば、マルセイユでそろえればいいよ」

シュゼットがコーヒーとトーストを運んできたので、会話は中断した。シャロンはヨットに乗りたいとは思わないが、ここにいるのもいやだった。しかし、リーも言ったように、ハネムーンを短縮すれば面倒な質問を人々から浴びるだけだ。三週間は留守にしなければならない。

「ここであと二日、なにをするの？」シュゼットが行ってしまうと、シャロンはたずねた。

リーは肩をすくめた。「きみはルツェルンは初めてだろう。それに、ジャックにも会わないと」

シャロンはさっと顔を上げた。「なにも今回でなくてもいいでしょう？」

「彼はぼくの奥さんに紹介されるのを楽しみにしているからね。紹介しなかったら、侮辱されたと思うよ。彼とは古い友だちだから、そんな扱いはできないな」

シャロンは別の戦略を試みた。「そんなに古いお友だちなら、わたしたちの関係が普通じゃないって気がつくんじゃないかしら？」

「それをわからせないようにするのが、ぼくたちの義務だよ。彼はフランス人だからね、好きだのきらいだの話には勘がそうとう働きそうだ。彼をだますのは楽じゃないな」

「じゃあ、どうしてわざわざ危険なことをするの？」シャロンはどうにかしてリーにくいさがろうとした。「あなたのお金目当ての結婚だったなんて、昔からのお友だちに知られたくないんでしょう？」

シャロンの言葉はまちがいなくリーを動揺させた。彼は片手を関節が白くなるほどきつく握りしめている。シャロンはすぐに後悔して、口ごもりながら言った。

「リー、わたしはそんなつもりで……」

リーの口調は平静だった。「まったく、きみの言うとおりだ。ジャックには知られたくない。それ相応の報酬は払うから、絶対気づかせないでくれ」

シャロンはかっとして顔を赤らめた。「なんてひどいことを！」

「どうして？　きみはもともと欲にかられて体を売る覚悟でいたんじゃないか。ぼくが今まで払った分の返礼としたって、これくらいは頼んでもいいだろう」リーはコーヒーを飲み干し、椅子をうしろに引いた。「着替えてくるよ。三十分したら出かけられるように支度しておきたまえ。うちのボートで行くからね」

一人残されたシャロンはまだ一口も飲んでいないコーヒーカップを握りしめ、唇を痛いほどかみしめた。いつになったら、わたしは前後の見境なく口をきいてはいけないとわかるのかしら？　ただ相手を傷つけたくてあんなことを言うだけで、真実だから言うのではないと、どうすればリーにわかってもらえるだろう。

だけど、本当に真実ではないと言えるかしら？シャロンの胸でそっと問う声がした。リーが普通の会社勤めをしている男だったら、わたしは彼にまったく同じ気持を抱いただろうか？　本当に彼を深く愛しているのなら、あんなローラの内緒話など無視したか――あるいは、リーに弁明の機会ぐらいは与えていただろう。確かにわたしはリーの魅力に引かれているけれど、さらにその先となると。シャロンは急に自信がなくなった。

町の北西部へと湖を行く短い航路を、ほかのときならシャロンは夢中で楽しんだことだろう。ボートはすべるように速く、銀色の矢のように水を切って進んでいた。客を大勢乗せた蒸気船を追い越すと、小学生らしい一団がいっせいに熱狂的に手を振った。

「あれはイギリス人だな」片手をあげてそれに応《こた》えながら、リーが言った。「いつもオフシーズンの割り引き料金を利用して来るんだよ。ジャックのところのようなホテルにも泊まれるしね」

「彼とはいつからのお知り合い？」シャロンはたずねた。ボートは大きく半転して桟橋に向かった。緑の屋根の大きな建物の下に突き出たその桟橋が、彼らの目的地だった。

「子供のころからだな。彼は父親のホテルを継いだんだ」リーはエンジンを止めて船をうまく横づけし、すでに桟橋で待ちかまえている若者にもやい綱を投げた。

上のサンデッキでは人々がテーブルにつき、給仕たちが飛ぶような軽い身のこなしでコーヒーやジュースを運んでいた。通りがかりにシャロンの耳に入る言葉はだいたいがフランス語だった。

リーは湖に背中を向けて陣取った二十歳《はたち》そこそこの娘たちの注目を浴びた。シャロンにはうらやましいほど屈託のない娘たちで、彼女たちが聞こえよがしに笑いながらあれこれ言い合うのを耳にして、リーの口もとはほころんでいた。娘たちは三人そろって魅力的で、本人たちもそれを心得ている。リーもそう思ったのか、通りがかりに、ものわかりのいいまなざしを娘たちに送った。

ジャック・カボはロビーで二人を出迎えた。小柄でダークヘア、やせた褐色の顔に真っ青な瞳が楽しげに光っている。根っからのフランス人であることは、シャロンとの挨拶《あいさつ》の仕方によく表れていた。彼は熱いまなざしでシャロンの手を握り、彼女をなにか特別な、とびきりの美人のような気にさせた。

「まさしくイギリスのばらじゃないか」ジャックが言った。「この肌！　リー、きみは運のいい男だよ！」

「そうかな？」それとわからないほどの皮肉だった。

ホテルの一階にあるジャックのフラットの小さな居間で三人はコーヒーを飲んだ。ソファのシャロンの隣にジャックは座り、うれしがらせるようなことを言っては、ひたすらシャロンの気を引こうとした。フランス人の男性は女性が相手のときはこうするものだと聞きかじってはいたが、悪い気持はしなかった。ジャックは絶えず気分を引き立ててくれる。そこに価値があった。

「そうか、マルセイユへ行くのか。ぼくがご一緒したいくらいだな」ジャックはいたずらっぽくシャロンに言った。「きみのご主人の知らないところに案内してあげられるもの。すてきじゃないか！」

「また今度にしてくれ」リーがそっけなく言った。

「親しき仲にも礼儀ありだぞ。きみも奥さんを見つけたらいいじゃないか、ジャック。自分のハネムーンで行けよ」

「いいと思う女性はみんな売約ずみだからね」ジャックは深々とため息をつき、ほのかに上気したシャロンの頬と赤みをました唇に視線をさまよわせた。

「リーがきみを見つける前にぼくたちが出会っていたら……どうなっていたかわかるもんか！」

シャロンは久しぶりに遠慮なくほほえんだ。「ありえないのがわかっていて、そんなことをおっしゃるんですから」

「なんというつつましさ！」ジャックはたしなめるように頭を揺すった。「きみはぼくを誤解してるね。罰として、ルツェルンを発《た》つ前にディナーにつき合っていただこう。きみのご主人もだ、どうしてもというのならだが」

「いいよ」とリーは答えた。「ぼくたち二人とも喜んで、ご招待にあずかるよ。明日はどうかな？」

ジャックは皮肉っぽく肩をすくめた。「また誤解されたな。じゃ、明日ということで」

輝く陽光の下に出ると、リーがちゃかすように言った。「どうも、きみを一人でよこすべきだったな。きみはジャックに魅力を感じたようじゃないか」

「女ならたいてい惹《ひ》かれるでしょうね」負けないように、シャロンもやり返した。「彼は人を引きつけるというのを主義にしているんですもの、本気にされたら困るはずだわ」シャロンは口をつぐみ、リーをちらりと見た。「三人でディナーなんて、いいのかしら？　一晩一緒にいたら、彼はきっとなにか変だと気がつくわ」

「わかるわけがないだろう、わざわざぼくたちが教えない限り」愛想のない話し方だ。「だいたい、三人だけじゃないよ。彼はぼくを接待する女性を用意して、自分はきみを独占するわけさ」

「なぜそんなことをするのかしら？」

「それは、きみに興味があるからだよ。そんなに驚いた顔をするなよ。まあ、見ていたまえ。ジャックとは長いつき合いだからわかるんだが、きみのような娘《こ》には会ったことがないはずだよ」

シャロンはたちまち憤然とした。「それは、どういうこと？」

「変わってるもの、きみは」

「うぶだって言うんでしょう？」シャロンははっきり言ってのけた。

「そうも言えるかな。ぼくが言いたかったこととは、ちょっとちがうけどね」

シャロンは本当のところが知りたかったが、わかりきったことを質問してリーを喜ばせるのはやめにした。「ホテルのサンデッキにいた三人組のようにふるまえば、あなたには普通に見えるのね！」

「あれはぼくをからかって遊んでいただけだよ」

「ああした言い方がおもしろいんですね？」

リーは笑った。「きみにそれほどフランス語がわかるとは思わなかったな。気になるのか？　ベッドでのぼくの腕前になんか、もう関心がないくせに」

「あの人たちにそれをご披露したいんでしょう」シャロンも辛辣《しんらつ》にやり返した。「さあ、どうぞ。彼女たち、まだ待ってるかもしれないわ！」

リーはシャロンをじっと見た。「寝室でするような会話を、まだ続けたいのか？」

シャロンは唇をかんだ。「いいえ」

「じゃあ、やめろよ。初めてこの町を見物に来て楽しんでいるような顔をするんだな」

シャロンは観光を楽しんだ。楽しまずにはいられなかった。古風で趣のある昔の建築物、中世の橋、夢のような雰囲気――ここは人を懐かしい気分にさせる場所だった。

二人は〈白鳥たち〉という名のレストランで昼食にした。リーは湖と山を見渡す小さなバルコニーにテーブルを予約してあった。食後はクリエンスまで車で行き、空中ケーブルでピラトゥス山に登り、眼下に広がる壮大なパノラマを見物した。ふとシャロンは目下の自分たちの問題を忘れかけたりもしたが、リーの目を見ればそれは思い知らされた。なにがあろうと、リーは簡単に忘れそうもない。そのことは二人の間に厳然と立ちふさがっているのだ。

リーの予想は当たった。ジャックは男女二組になるように女性をもう一人招いていた。黒い髪と瞳の持ち主は二十代のイタリア人で、肌もあらわな赤いドレスを着てなまめかしい。ルチアというその女性はジャックから言い含められているのだろうか、すばらしい料理もそっちのけでリーにまとわりつき、ジャックは嬉々《きき》としてシャロンの相手役を務めていた。

ホテルの個室で食事をしたあと、四人は湖を見渡すレストランで、ホテルの泊まり客にまじって見事なジャズバンドの演奏をバックに踊った。宿泊客の前でオーナーが友人たちとホテルの施設を楽しんでみせるなんて、いい宣伝だとジャックは笑った。

パートナーとして、ジャックはすばらしく踊りやすい相手だった。彼は背があまり高くないので、踊りながらシャロンの耳もとで、とてつもないことをささやきかけたが、必ず笑いをまじえて本気に見せなかった。

「あなたは自分の役を裏切ってはいけないと気にかけていらっしゃるのね」シャロンはジャックの腕の中で少しのけぞり、首を横に振っていさめるまねをした。「フランスの男性は世界で最高の恋人だと思われていますものね」

ジャックはいたずらっぽく微笑した。「きみはそれが噂《うわさ》にすぎないと思っているのかな?」

「そんなに大げさでなければ、もっとずっと感動しますわ」

「大げさかな? ぼくは」

「とてつもないことばかり。わたしは美しくなんかありません、わかってます」

「きみはぼくの目で見てるわけじゃない。美はだね――真の美しさというのは、骨格にあるんだよ」口調は軽いが、どこか説得力のある言葉だった。「きみの髪は純金のようだ。なのに、ヘアスタイルが悪い。きみがぼくのものだったら、その方面の専門家の手にきみをゆだねて、世間をあっと言わせるようなものを引き出してやるのにな。きみは美しいと言われたことがないの?」

ジャックはリーのことを言っているのだ。シャロンは軽やかな口調を保った。「美人と言われたことはありますけど」

「おもしろみのない表現だな。リーがそんなに鈍いやつだとは思わなかったな」

それが合図のように、噂の主がジャックの肩越しにシャロンの視野に入ってきた。顔は見えないが、官能的な体の持ち主を腕に抱いたその格好からして、リーはつらくはなさそうだ。

「あなたから見て、ルチアは美しいでしょうか？」

特に他意はなく、シャロンはたずねた。

「まったく別の意味でね。いわゆる〝下心〟を男に抱かせる女だからね、ルチアは。快楽の対象となる体つきをしている」

「あなたの恋人ですか？」

「無期限じゃないけどね」ジャックはおもしろがっているようだ。「ぼくたちには、いわば了解みたいなものがあるんだよ。リーが彼女にやさしくするから、きみは妬《や》いているのかな？」

「そんなことありません」打ち消すのが早すぎた
——ジャックの微笑を見てシャロンは思った。

「となると、ぼくの想像以上にきみは変わった人だね」ジャックがシャロンの頬にそっと唇を寄せて、彼女の口もと近くまで小刻みにキスしてきたので、シャロンは彼から顔をそむけた。「なんと残酷な」名残惜しそうにジャックはつぶやいた。「かくも近くて遠きもの！　それは口づけ。キスしていけないことでもあるのかな？」

「大ありです」シャロンは冗談めかして言った。

「われを忘れてしまうかもしれませんもの」

「そう願いたかったな！　ハネムーンのときでさえ、イギリス男ってのは感情を見せないんだな——少なくとも他人の前では。ぼくがリーだったら、きみはぼくのものだって、世界中に知らせてやりたくなるけどね！」

ぼくがリーだったら、ですって……本当のことを知ったら、ジャックはどう思うかしら？

そのあと自分が結婚した男と踊りながら、シャロンは今は気兼ねをし、さっきジャックの腕の中でのびのびしていた自分を思い合わせずにはいられなかった。シャロンの思いを読んだかのように、リーはわざときつく抱き、彼女をさらに引き寄せた。

「力を抜くんだ」リーは言った。「ジャックと踊っているると思えよ。きみはジャックから身をそらしてなんかいなかったぞ」

「驚いたわ、そんなことを観察する暇がよくあったこと」シャロンは負けずに言い返した。「ルチアしか目に入らないのかと思っていたわ」

「あの体つきならね」

「ありうることよね！」

「きみなら考えそうなことだ」

その言葉にシャロンは傷ついて沈黙した。再び話せるようになったとき、彼女の声はかすれていた。

「こんなこと、いつまで続けなければならないのかしら？」

リーは肩をすくめた。「それはきみ次第でもあれば、ぼく次第でもある」

「あなたが先にはじめたんだわ！」シャロンの口調が強くなった。「公平じゃないわ！」

「たぶんね。きみはぼくからどう言われようと、言われて当然なんだから」

「あなたのほうの動機だって純粋だったわけじゃないわ」シャロンは痛烈にやり返した。

「そうらしいね」

「あなたは認めたじゃないの」

「認めたよ」リーは言った。「いつだったか、きみと知り合う前に趣味の悪い軽率な発言をしたことはね。あのとき予感がしていたのかな——いや、あれがなにかの前兆だったのかな」

シャロンはひきつった笑い声をたてた。「次は、一目見ただけできみに夢中になったとでもおっしゃるのかしら！」

「ちょっとちがうな。きみがアパートを飛び出していったときが、恋のはじまりだった。追いかけようとぼくがもたもたしているうちに、きみは消えてしまった」

シャロンは相手を見つめた。喉が干上がったようだ。「冗談でしょう」

リーはうなずいた。「うん、もうどうでもいいことだな。ぼくが愛した女性はぼくの想像力の産物なんだから。いわゆる盲愛というやつだよ。見たいと思うものを見てしまうんだ」

「あなたはなにをごらんになったの？」ささやくばかりの声だった。リーはふっと笑った。

「もうよくは覚えていないな。まあ、どうでもいいけど」

喪失感がナイフのようにシャロンの胸をえぐった。リーはわたしを愛していた。彼は本当に愛してくれていたのだわ！　その愛を枯らしてしまったわたしは、なんてばかなんだろう。わたしたちの結びつきを意味あるものにしてくれるただ一つのものを捨ててしまったなんて。

シャロンはすがるようにリーを見た。「リー、お金のためにあなたと結婚したというのは、あれは嘘《うそ》なんです。自分が傷つけられた分、あなたも傷つけたかったの。わたしは愚かでした、ごめんなさい。うまく言えないんですけど、ほかにどう言ったらいいかわからなくて」リーの反応がまったくないので、声がか細くなった。「わたしの話を信じてはくださらないのね？」

「ああ」リーはにべもなく言った。「きみが今どういうゲームをしているのか、ぼくにはよくわからないが、結婚前にぼくが考えていたような女性が戻ってくるわけじゃないし。ぼくたちは契約を結んだんだから、それを守ろうじゃないか」

音楽がやんだ。リーは黙ってシャロンの腕を取り、ダンスフロアを下りた。二人が戻ってくるのをジャックは考えこんだ表情で見守り、なにか言いたそうにしたが、気を変えたようだった。

リーはもう席につこうとはしなかった。「そろそろおいとまする時間だな。実に楽しい晩だったよ、ジャック。そのうちまた会おう。ぜひ、うちのほうへも来てくれよ。歓迎するよね、ダーリン？」

シャロンはぎごちない微笑を浮かべた。「ぜひどうぞ」

リーの視線がイタリア女性へと動き、彼は気取って言った。「アリヴェデルチ、ルチア」

名残惜しそうにルチアはほほえんだ。「チャオ」

二人を桟橋まで送ってきたジャックは、もやい綱を投げてよこしながら陽気に言った。「イギリスに帰るまでに仲直りしろよ！」

うるさいエンジンの音が返事だった。表情を変えずにリーは片手をあげて別れの合図を送り、ボートは舳先《へさき》を大きく回して、湖を東に向かった。

船が走る間、二人は押し黙ったままだった。リーに理解してもらう方法はなさそうだ――なにを言っても彼は信じてくれないだろう。そう思うとシャロンは泣きたくなった。

ドロン夫妻はすでに自室に下がっていた。船をつないでいるリーを残して、シャロンは寝室に上がった。彼女が浴室から出てくると、リーがベッドの端に座っていた。上着もネクタイもとり、シャツのボタンははずしてあった。彼と目が合ったシャロンは、高まる感情の波にさらわれた。駆け寄って、彼の腕に身を投げ、もう一度愛してと乞《こ》いたかったが、そこまでするのはプライドが許しそうもなく、シャロンは言葉で訴えることにした。頼りない声ではあったが。

「リー、わたしの気持をわかってもらえるように、わたしはなにか言わなければならないわね」

リーは判読しがたい表情でシャロンをしげしげと見た。「言えよ、きみの気持というのを」ようやく彼は言った。

シャロンはかすかに喉を鳴らした。「わたし……あなたを愛しています」

「よし」リーは言った。「どのくらい愛しているか見せてもらおうか」

シャロンは無理にもリーのほうに数歩、歩を進め、彼の前にひざまずいて両手を取り、思いのたけをこめて相手の顔に見入った。

「わたしがいけなかったの。ローラの言ったことをうのみにして、あなたに弁解のチャンスも与えなかったんですから。わたしが初めての夜を台なしにしてしまったことはどうやっても償えませんけど、でも、もう二度とあなたを疑うようなことはしませんシャロンは待った。冷ややかな灰色のまなざしに、彼女の気持はますます重く沈んだ。「わたしは傷つけられたから、仕返しがしたかったの。あなたが怒るのは無理ないわ——わたしがあなたの立場だったら、やっぱり怒るでしょうね。でも、その償いはしますから、必ずします！　どうかわたしにチャンスをください」

突然リーのまなざしが新しい表情をおびた。彼はシャロンを膝の間に引き寄せて、唇を焦がさんばかりの熱いキスをした。シャロンは全身でそれに応え、押し寄せる安堵《あんど》感に浸りながら、抑制を忘れた。これでいいのね、よかった。やっともとどおりになれるんだわ！

ナイトドレスの細い肩ひもをずらすリーの手をシャロンはおしとどめようとはしなかった。すべてを知りつくしたようなリーの手に体の起伏を隅々までまさぐられ、シャロンはさらに欲求をかきたてられた。リーが荒々しく身を離したとき、最初のうちシャロンはぼんやりしていたが、やがて相手の表情に気がついた。

「もういい、きみの手の内は見せてもらったよ」本能的にシャロンが身を退《ひ》くのと同時に、リーは彼女の両手首をぐいとつかんで、自由を奪った。「急につつましやかになったりして、どうしたんだ？　ついさっきまで、肌をあらわにされるのもいとわない様子だったじゃないか。ぼくの好きなようにさせるつもりだったんだろう？」返事もできないでいるシャロンをリーは揺すぶった。「そうなんだろう？」

「ええ、そうよ」やっと聞き取れるほどの声だった。「でも、それは、こう思ったからだわ。あなたが……」言葉がとぎれた。喉につかえるものをシャロンはのみくだした。

「ぼくをまた手中におさめることができたと思ったんだな」リーがシャロンに代わって言った。「そうはいくものか──絶対に無理だ。きみを満足させるわけにはいかないよ！」リーはシャロンの豊かな胸に視線を落とし、冷たく笑った。「まさかきみは自分のことを、ぼくが抵抗できないほど魅力的だと思っているんじゃないだろうね。そういうことは、もっといろいろ経験を積んでからにしてもらいたいね！」

プライドを踏みにじられ、シャロンは思わず自衛の態度に出た。「じゃあ、お望みどおりにしてあげるわ！」猛烈な剣幕でシャロンは言った。

「ぼくと結婚している間は無理だろうな。きみはぼくの貞節な妻の役を徹底的に演じるわけだから、よその男とつき合う可能性なんかまるでないよ」

「あなたとは暮らしませんから」

リーは微笑したが、ユーモアのかけらもなかった。

「どこへ行くのかな？　仕事もないし、自分のお金もない──のこのこ叔母さんのところへ帰るのもいやだ、となると、きみはとどまるしかない。ほかに方法がないんだから」つかんでいたシャロンの手を放して、リーは立ち上がった。「今夜のうちに荷造りをしておいたほうがいい。明日の朝はあまり時間がないだろうからな」

リーは浴室に姿を消し、シャロンは震える指でナイトドレスの肩ひもをもとに戻した。リーの言うことは一つだけ当たっているわ――わたしは彼のもとにとどまるだろう。彼の今夜の仕打ちに復讐《ふくしゅう》する日まで。そう、リーにもう一度わたしを欲しいと思わせなければ。そのとき苦しむのは、彼のほうなのだから！

5

ヴェンチュラ号は水に浮かぶ小さなホテルさながらのヨットだった。常時四人の乗組員がいて、その一人であるコック長のジャン＝ピエールの料理は世界のどこの一流レストランにもひけをとらないほどだった。自慢は豪華な内装を施した専用のサロンがある二人用の四つの客室だった。一度に三、四人が入れるサウナもあった。

マルセイユを起点に、時のたつのを忘れるようなゆっくりしたペースでコートダジュールを航海した。シャロンは思い切り日光浴をして、地中海リヴィエラの肌色に徐々に染まっていた。彼女はクルーがいるときはリーがしかけてくるどんな会話にも、冷静に必ず応じることにしていたが、船室でリーと二人だけになったときに平静を保つのはむずかしく、ベッドがルツェルンのときと同じようにツインなのがせめてもの救いだった。

リーの態度がシャロンにはうまく理解できなかった。人前ではいつもほがらかで、二人が抱える問題を忘れてしまったかのようなときがたびたびあった。二人して泳ぎ、シャロンは水上スキーを彼から教えてもらい、転倒すれば、彼は笑って水から救い上げてくれたりもした。

こうした生活はいかにも魅力的ではあるが、シャロンに理解しがたいのは、ただ遊びのためだけに船を所有するという感覚だった。

「節税対策だよ」シャロンにきかれて、リーはにべもなく答えた。「チャーター船にしてクルーの給料と維持費をまかなっているんだから、きみが心配することはないよ」

「心配したわけじゃないわ」シャロンは言った。「不思議に思っただけだわ。ずいぶんな浪費に思えたんですもの」

リーは肩をすくめた。「ときにはきみの好きなように使いたまえ。よその奥さんたちのように」

「わたし一人で？」

「そうしたければね。普通は小さなパーティーなんかに使うけどね」

シャロンは苦笑した。「そんな気ままにできるような人、わたしの友だちにはいません」

「じゃあ、誰か見つけるんだな」リーはふと黙り、遠い海岸線に目をやった。「昼過ぎにはサントロペに入港だよ」とリーは言葉を継いだ。「無線を打って、陸《おか》の人間をディナーに招待してあるからね。食事のことで頭を悩ませる必要はないよ。客があるときは、ジャン＝ピエールが献立を決めるんだ。客を七時半にここへ迎えるつもりでいてくれればいいよ」

「何人みえるの？」シャロンはリーのさりげない言い方をまねしようとした。

「四人。男女二組」

「ご夫婦なの？」

「片方はね。シモーヌとアランは同棲《どうせい》中だよ。この二人は永遠のきずななるものを信用していない」

「まあ」としか返す言葉が見つからないシャロンを、リーは冷やかすように見た。

「きみはシモーヌを好きになれないだろうな。彼女は女っぽすぎて、同性からはきらわれるんだよ」

どんなタイプの女性かシャロンには想像できる。落ち着きと自信のある、女であることを強く意識した――シャロンにはないものばかりをそなえた女性。リーとの結婚生活がノーマルなら……彼の愛を頼りに夫婦として寄り添って立つことができるなら、シャロンは怖いものなしなのだが。しかし、今のような状態で、期待される役を自信をもって演じることはできそうにないとシャロンには思えた。今夜わたしに会う人たちは、リーはいったいわたしのどこがよくて、と思うだろう。

サントロペは美しく活気のある港だった。ヨットハーバーにはあらゆる型の船舶が居並び、ヴェンチユラ号はやっとのことで停泊場所を確保した。

船をつなぐやいなや、リーは外出してくるからと告げた。会わなければならない人がいるとしか説明はない。

「きみも上陸したら？」彼はシャロンにすすめた。「今夜のためのドレスを買えよ――髪もどうにかするとか。トラベラーズ・チェックで足りるな？」

「まだ一枚も使ってないわ」シャロンはちょっと黙ってから、正直にたずねた。「わたしがあなたに恥をかかせるかと心配なの？」

「したければ、そうしろよ」いらだった声だ。「すすめてみただけなんだから。女はたいてい、そういうことを喜ぶものだがね。好きにしたまえ」

リーが行ってしまうと、シャロンは鏡をのぞき、この髪では確かに専門家の手が必要だと認めざるをえなかった。朝泳いだあとでシャンプーはしたが、毛先をそろえて、スタイルを整えてもらわないと。リーのお金を使うのは気が進まないものの、彼の友人たちに好感を抱かせなければならないのだから。もしかして、髪型をすっかり変えれば自信がつくかもしれない。

人出の多い商店街には美容室がけっこうあり、どの店も入っていくのがためらわれるほどりっぱな店構えだった。そのうちの、店の名前がなんとなく親しみが持てる一軒を選んでシャロンは無理やり足を運び、豪華なフロントデスクへおずおずと近づいた。

予約なしでもいいかとシャロンはおぼつかないフランス語で頼んでみたが、明日なら可能だがと、残念ながら断られた。シャロンは空《むな》しい闘いをしているような気分で、再び暑い日差しの中に出た。一流の美容室はどこもこんなふうに断るのかもしれない。

だから、次にあたってみた店で予約をキャンセルしてきた客があるからと言われたときは、うれしい驚きを味わった。待つ間、シャロンは次第に迷いがつのってきた。思い切ってちょっとイメージを変えてみようか、それとも安全な線でいつものスタイルに甘んじるべきか？　決心がつかないうちにシャロンは名前を呼ばれ、〈アンドレ〉の個室に通された。

シャロンの髪を指でつまみ上げている鏡の中の男のフランス語をわかる分だけつないでみると、太陽と海水で傷んだ髪に自然の潤いを取り戻すべく、彼は全力をつくすそうだ。カットするのは言うまでもない。髪を見て、なんと下手なカットかと言わんばかりのアンドレだ。

シャロンの気持が決まったのはそのときだ。彼女はまったく髪型を変えてくれるように頼んだ。

「別人のようにしてね」シャロンは言った。客の顔の印象を把握しようと、美容師は彼女にあちこち向かせて考えこんでいる。彼を励ますつもりでシャロンはふと思い出したことを言ってみた。「この間、わたしにいい骨格をしているって言ってくれた人がいたわ」

そのとおりだとアンドレはあからさまなお世辞をいい、仕事にかかった。

二時間後、鏡の中の自分を見つめたまま、シャロンは何と言っていいかわからないでいた。見返しているのはもとの自分とは似ても似つかぬ若い女性で、別人のようだった。新しい髪型にしている間、アンドレはシャロンを鏡に向かわせなかった。長く時間がかかり、やっとドライヤーで仕上げにかかったとき、頭がすっかり軽くなったのにはシャロンも気がついていたが、まさかこんなショックが待ちかまえていようとは。五センチにも満たない髪を頭の形にぴったり添わせる巧みなカットで、へりが多少不ぞろいな縁なし帽子さながらのヘアスタイルだった。色まで変わっていた。日に焼けて脱色した部分がつややかな濃淡のまだら模様に染まっている。

髪型のせいか、シャロンの顔の輪郭も変わったように見えた。頬骨が目立つようになり、目と目の間隔も広くなったようだが、なによりも目そのものが一番強調されて見える。

「最高《シュペルブ》！」アンドレは大満足だった。「大傑作《マ・クレアシ》だ《ヨン》！」

それはそうでしょうよ、とシャロンは胸の中で毒づいた。でも、わたしはこの頭で暮らさなければならないのよ。リーの反応など、考えるのもためらわれる——でも、リーの意見なんか気にすることはない。わたしの髪ですもの、わたしの好きなようにするわ。そうよ、わたしはこういうのが好きなの。しかし、好きというのとは少しちがう、自分がひどく目立つような気にさせられる。

受付係が感嘆の声をあげた。出された請求書にはシャロンのほうが声をあげるところだった。ふと思いついて、受付係が気さくな感じだったので、シャロンはこの髪型に合うような服をそろえているところがないかきいてみた。相手はすぐのみこんで、そんな店を教えてくれた。

〈ジュリアン〉というのがそのブティックで、二つのショーウインドーには、それぞれすばらしい服が一着ずつ飾られていた。ビロードの渦巻き模様の椅子に軽々と、細心の注意を払いながらなにげなく置かれた黒いシルクのパジャマスーツには値札がない。確かにここは値段をききにだけ入れるような店ではなかったただ、シャロンは勇気を奮って両手でドアを押した。あのスーツが予想以上に高い場合は買わないと決心していた。

ところが、サントロペならではのなりゆきというのだろうが、驚いたことに目当てのスーツを試着してみたとたん、シャロンはとんでもない独占欲の虜《とりこ》になってしまった。「奥さまのためにつくられたようですわ！」店員が言うのを今回ばかりは信じないわけにはいかなかった。輝くショートヘアの効果は絶大だった。背が五センチほどは高く見え、すらりとした姿はますます細くなったかのようだ。そして、薄いシルクを突き上げている挑発的な胸のふくらみ。町に出るために着てきたドレスなど、もうとても着る気にはなれなかった。同じ店で見つけたクリーム色の細い綿パンツと、こはく色の袖《そで》なしのセーターが今のシャロンにはぴったりだ。ここでも支払いの際にシャロンはショックを受けたが、リー・ブレントのような男の妻は高価な服を着ることになっているのだからと考えて、気分を落ち着かせた。

着てきたドレスと買い込んだパジャマスーツが入

った〈ジュリアン〉の金文字入りのスマートな黒いバッグを手に、シャロンは店を出た。この時間帯は車の往来が激しく、典型的なフランス的運転は急発進に急ブレーキ。数分おきに怒りをこめた警笛が空気をつんざくばかりに鳴り響いた。

　南に向かう車の中から赤いスポーツカーが突然列をはずれて、シャロンの四、五メートル先の歩道沿いに停車した。運転席から若い男が振り返り、シャロンにさかんに合図している。あっという間に男は車を降り、シャロンの横に立った。ハンサムな顔が驚くべき熱狂を帯びて言いようのない表情で輝いている。

「信じられない！」男は感嘆の声をあげた。「頭の中のイメージがそのまま動きだしたようなもんだな、これは！」あっけにとられているシャロンを見て、彼は突然フランス語をしゃべりだした。「失礼《パルドン》、お嬢《マドモワゼル》さん。ぼく《ジュ・ヴ》はあなたに……」

「わたしはイギリス人です」シャロンは言った。「それに、あなたから声をかけられる理由なんかありません」

「その顔、その髪――文句なしだ！」彼はシャロンのあごをつかんで横に向かせ、満足してうなずいた。「きみこそまさしくルッチガールだよ！」

　今や二人は人々から好奇の視線を浴びていた。シャロンは相手の手からぐいと顔をそむけ、油断なく一歩後退した。「わたしの名前はルッチじゃありません」

　男はちょっと黙り、頭を振りながら笑った。「ごめん、ちょっと調子に乗りすぎちゃって。ドミニック・フォスターです」シャロンがぽかんとしているので、彼は赤茶っぽい眉を吊《つ》り上げた。「写真を撮っているんですよ」彼はやさしく言い添えた。「ぼくのこと、聞いたことがあるんじゃないかと思ったものだから」

シャロンは、はっと息をのんだ。「あ……ええ、知ってます！　失礼しました、すぐ思い出せなくて」

「ぼくが悪いんだ、あんなふうに急に話しかけたりして。きみのような人をずっと探していたものだから。きみを見たとき、ぼくは自分の幸運がほとんど信じられなかったくらいだ」彼は周囲をさっと見回し、すばやく決断した。「ここじゃ話せない。すぐ先の角にカフェがあるから、そこへ行こう」

シャロンは赤い車に乗り込んでいた。拒絶することもできたのだろうが、好奇心のほうがはるかに強力だった。快活な横顔を彼女は盗み見た。ドミニック・フォスター、ヨーロッパを代表するファッションカメラマンの一人。二十五歳で結婚し、一年で離婚。それはつい半年ばかり前のこと。カメラを持たせたら天才と言われている。ただのポートレートを芸術品にする才能を持った男なのだ。その彼がシャロンを文句なしと言った。どういうことなのだろう？

歩道に張り出したカフェでシャロンはコーヒーを、彼はペルノーを注文した。ボーイが行ってしまうと、シャロンはたずねた。「誰なんですか？　どういう人なんですか？　ルッチガールって」

ドミニック・フォスターはにっこりした。「これから半年の内に有名になるよ、彼女は。新しい化粧品を発売するための顔なんだよ。彼女は人とは変わっていなければならない——新しい顔なんだ。広告塔や雑誌のページで人目を引くような人物だな。ぼくはさっき、もう少しで前の車に追突するところだったけど、それは前の車の運転手が前を見ないで、きみを見ていたからなんだよ。おかげでぼくはきみに会えたんだから、彼には感謝してるけどね」しゃべりながらも、その目はシャロンの上を動き回り、プロのまなざしで細部を観察していた。「きみは絶対にフランス人だと思ったんだけどな。その髪といい、着こなしといい――シックとしか言いようがないもの！」

この姿はできたてのほやほやよ――と舌の先まで出かかったが、なにかがシャロンを押しとどめた。彼女は内心、意気揚々だった。今のようなことを男が言えば、それはお世辞だろうが、ドミニック・フォスターなら別だ。彼はシャロンの顔を化粧品のキャンペーンに使いたいだけなのだから。

「一カ月後にルッチの仕事を開始するんだけど」相手が話している。「そのころ、きみはどこにいるかな？　そうだ、ぼくはまだきみの名前を知らないよね」

「シャロンです」彼女は教えた。「シャロン……」はっと彼女はわれに返った。現実がよみがえり、高揚した気分が消えていく……。「ブレントです」気の抜けた声だった。「残念ですわ、フォスターさん。うちの主人はそういった仕事を絶対に許してくれないでしょうから」

「結婚してるの？」考えこんだ様子だ。「ぼくはまた……」言葉がとぎれ、彼はにっこりして肩をすくめた。「だけど、最後の決断はきみだよね。きみはやってみたい――ぼくが話しているときのきみの目から、ぼくはそう判断したよ。本当に美しい目だね、ルッチの化粧品もいらないくらいだ」彼は口をつぐみ、シャロンを見守った。「よし、ご主人にはぼくから話をさせてもらうよ。きみと一緒にサントロペに来ているんだろう？」

「ええ。でも……」

「どこに泊まっているの？」

「波止場です――船っていう意味ですけど」シャロンは残念そうに首を振った。「むだですわ、そんなことをしても」

「やってみなくちゃ。きみという人を見つけたからには、ぼくは簡単にあきらめないからね。これからきみを送っていくから、ご主人にアタックしてみようよ」

「いえ、それは……今日はやめてください」二重のショックにリーがどんな反応を示すかと思うと、シャロンは急に笑いだしそうなヒステリックな衝動に襲われた。「今、主人は外出中ですから。今夜は来客がありますし」

ダークブラウンの瞳が戦闘的な光を放った。「わかった。イギリスにはいつ帰るの？」

「二週間後です」

「じゃあ、きみの住所と電話番号を教えてもらおう。連絡するから」

束《つか》の間の心の葛藤《かっとう》があってから、シャロンは相手に住所を教えたが、これでこの一件は最後になるだろうという確信があった。

メモ帳から頭を上げたドミニックは目を狭めてじっとシャロンを見つめたが、いきなり決断を下した。「日暮れまでに一時間ある。きみを少し撮ることにするよ」

「今ここで？」シャロンはびっくりして問い返した。

「いや、ほかの場所を探そう」シャロンは承知すると見越してドミニックは立ち上がり、テーブルに紙幣を何枚かほうった。「急ごう！」

再びシャロンは赤いスポーツカーに乗り込んでいた。車が街を駆け抜けていく間、自分の身に起こったスリル満点の出来事にすっかり心を奪われて、景色も目に入らないありさまだった。

ドミニックがやっと探し当てたのは、町はずれの小さな広場だった。中央に石造りの噴水があり、壺《つぼ》の口から池に水が流れ落ちている。理想的とは言えないけど――そうドミニックは言いながら、水のカーテンを背景にしてシャロンの頭部がシルエットになるように、彼女の位置を決めた。日の光は刻々と薄れていく。

いよいよカメラが構えられると、シャロンは顔全体がこわばるのを感じた。ドミニックがいともさりげなく話しかけてきた。芝居は好きかとか、フランス料理はイギリス料理と比べてどうかとか、きみの左手のそばの石の形に気がついたかいとか、細々した単純な質問をされているうちに、シャロンはシャッターの音が気にならなくなり、ドミニックの言うままに動いていた――まさに、催眠術にかかったようだった。

「きみには生まれながらの才能があるよ」それが撮影終了の宣言だった。その声は興奮していた。

日の光はやわらかな金色に変わって日没が間近いことを知らせ、足もとには濃い闇《やみ》が迫っていた。ここには長い時間――長すぎるほどいたのだ。

「もう帰らないと」シャロンは思いきって言った。「遅れてしまうわ」

「ぼくが送るから」そう言ってから、ドミニックは笑った。「ところで、ここはどこだろう？　来た道を忘れちゃったよ」

港に着いたときは七時を過ぎていた。

「さよなら、ルッチガール」ドミニックはそっと言って、シャロンの手にキスした。「じゃ、また」

若手のクルー、ジョン・アースキンがヴェンチュラ号のてすりにもたれていた。シャロンが乗船すると体を起こしたが、彼女が近くまで来てから、やっと彼女だとわかった。

「奥さんだったんですか！　わからなかったなあ。つまり……あの、別人みたいなんだもの！」

「そうなのよ」シャロンは笑いがこみあげてきた。「新しいわたしなの！　気に入って？」

シャロンのムードにつられて、ジョンも笑った。その目は明らかな賞賛に輝いていた。「もちろんですよ！　ブレントさんはご存じなんですか？」

このときのシャロンから自信を奪えるものはなかった。シャロンは首を横に振った。「いいえ、びっくりさせるの。彼、どこかしら？」

「サロンだと思います。奥さんがお帰りになったら、すぐ知らせるようにとおっしゃっていました」

シャロンはすばやく決断した。「じゃ、知らせてきてね。わたしは着替えに船室に行きますからって」

黒のパジャマスーツは、船室の中でも店で見たときとおなじようにすばらしかった。シャロンは結婚の記念にリーからプレゼントされた重みのある金の鎖を——忌まわしい記憶には心を閉ざして化粧台の上に用意し、清潔な下着を持って浴室に入り、いつもの癖でドアに鍵《かぎ》をかけた。

シャコンがシャフーを浴びはじめて何分もたたないうちに、ドアがノックされた。リーの怒っている声がする。

「シャロン、もうすぐ七時半だぞ！　いったいなにをしてるんだ？」

「支度をしているのよ」シャロンは驚くほど冷静に返事をした。「あなたのお友だちと会うんですもの。あなたはわたしのこと、いい印象を持ってもらいたいでしょう？」

「客が着いたときには出迎えてくれよ」

「わかりました」シャロンにそのつもりはないのだが、それをリーに言ってしまってはなんにもならない。一同がそろったところへシャロンは登場するのだ。そこでリーに、打って変わったシャロンの姿に必死で対処させるのだ。

リーが行ってしまったのを確かめて浴室から現れたシャロンは、準備ができる前に彼がまた来るといけないので、今度は船室に鍵をかけた。メーキャップをする手が、特にマスカラをつけるときには震えて困った。髪は片手で撫《な》でつけただけだ。乱れるほどの長さもないのだから。

店ではあんなに自信があったのに、黒のスーツをまとったシャロンは、もしかして大変な過ちを犯してしまったのではないかと、息を殺して鏡を振り返った。彼女はほっと息をついた。あのほっそりしながらも曲線を描く、見事なカットのパンツと深い切れこみのあるトップに包まれた背の高い上品な姿が、そこに立っていた。シルクの肌触りには一種独特な――官能的な感じがあった。

音楽は後部デッキから流れてくる。船室から狭い通路に出たシャロンは迷った。まずサロンに行ってみるべきだろうか。音楽にかぶさって、はしゃいだ男の笑い声が聞こえたとき、シャロンの心は決まった。あれはリーではない、ということは、客たちは――そのうちの何人かは到着しているということだ。今がチャンスだ。

このデッキの昇降階段からは屋根のある船の後部へ一気に上がれる。上の口は壁に作りつけた二つの長椅子の間に開いていた。そこに座っていた人々は、そのとき、ぴたりと会話をやめた。

シャロンはリーのほうを見ないようにしたが、彼が弾《はじ》かれたように立ち上がったのを痛いほど意識していた。「失礼しました」四人の客に向かってシャロンはにこやかに声をかけた。「時間をまちがえてしまいました」

すでに立ち上がっていた男の客のうち、長身のほうがあからさまな賞賛の目くばせをしてみせた。

「待つかいがあったというものですよ、あなたなら」彼は言った。

リーはなにを考えているのか、見事に抑制のきいた表情で紹介をやってのけた。長身でダークヘアの冷静なシモーヌ・デュヴァルは、美しいというより人の目を奪う感じの女性だった。両サイドに膝までスリットが入ったダークブルーのシンプルなチュニックドレスを着て、エナメルの変わったブローチを胸もとではなく、袖の肩口あたりに留めている。彼女の挨拶《あいさつ》はどことなく温かみに欠けていて、微笑はとってつけたようだった。

「想像してたようなかたじゃないのね」彼女はそうも言ったが、想像の中身までは言わなかった。

アラン・ルノーは、シャロンにどことなくジャックを思い起こさせた。容姿はさておき、態度と物腰がよく似ている。年齢はリーと同じくらい、シモーヌより三、四歳上だろうか。もう一組の男女は三十代で、やはりフランス人。リーは彼らをエディーとレアル・マルシャン夫妻だと紹介した。

レアルとアランにはさまれて、シャロンはディナーを大いに楽しんだ。アランよりは内気なレアルは苦労して、これならシャロンにも興味があるだろうと一人合点した話題を次々に取り上げた。彼はロンドンを知っているし大好きなのだが、シャロンはそこに住んでいたのだから、あの都市について、せめて彼程度の知識はあるだろうと思い込んでいる。シャロンは笑って、ロンドン塔は外観しか知らないし、テムズ川を望む旧王宮ハンプトンコートの見学も将来の楽しみとしてとってあることを白状しなければならなかった。

ずんぐりした体格のジョン・アースキンが白い短上着《モンキー・ジャケット》と黒いスラックス姿で給仕をした。シモーヌは彼になれなれしく話しかけ、彼女がヴェンチュラ号にしょっちゅう招待されている事実を見せつけた。

一同は夜気が心地よいデッキに移り、虫よけの香木をたきながらコーヒーを飲んだ。

踊りはじめたのはアランで、花嫁をちょっとお借りするよと軽口をたたきながら、シャロンの手を取った。

ほかのみんなが座っている場所から二メートルば

かり離れたオープンスペースで作戦は開始された。アランは腕に抱いたシャロンにそっと言った。「ぼくはね、イギリス女性は全体として美人なのにスタイルなるものが欠けているとずっと思っていたんだ。これからは考えを改めないといけないな」

「わたし一人ではこうはいきませんわ」シャロンはにっこりした。「フランスの男性の手を借りたんですもの」

「その髪のこと？　うん、フランス人でないとそういうのはできないな。だけど、ぼくは髪型のことだけを言ったんじゃない。それはきみの一部分だもの、シャロン」アランが言うと、それは別の名前のように聞こえた。シャではなくてロンにアクセントを置くからだ。「気持のことだよ、精神的姿勢だね。今夜のきみの登場の仕方――あれなんだよ、ぼくがスタイルと呼ぶのは」

シャロンは笑った。「リーなら、だらしがないって言うだけでしょうね！　そういえば、あの人はイギリス人ですもの」

「きみはフランス人と結婚すべきだったね」アランはシャロンと声を合わせて笑った。「美女は時間なんか守る必要は全然ないんだから。来てくれただけでありがたいと思うべきだよ」アランはちょっと黙ってから、好感の持てる率直さでこう言った。「きみたち、恋愛結婚なの？」

不意を打たれたシャロンはとぼけるどころではなく、アランの腕の中で思わず体を固くした。

「きみはもう答えてくれたよ。きみには恋する女の表情がないもの」

素早く立ち直って、シャロンは言った。「わたしが無口で引っ込み思案のイギリス人だってこと、わかってしまわれたようですね。あなたはシモーヌに恋していらっしゃるの？」

「当然だよ」アランの眉が上がった。「となると、ほかの女性に愛情を抱くのはやめるべきかな？」

「控えてください」

「控えたとしても、思いは残るよ」アランの声が愛《あい》撫《ぶ》するように低くなった。「きみにだよ、かわいい人《ミニョンヌ》」

誤解してたわ、とシャロンは即座に思った。ジャックはこういったことを遊びで言うだけだが、アランは本気だ。シャロンはほほえみも明るい口調もそのままで言った。「この話はもうやめましょうね」

アランは異議を唱えることもなく、シャロンをみんなのところへ連れて戻り、二人の間にはなにごともなかったような顔で会話に加わった。シモーヌの視線を避けたシャロンは、リーの視線にぶつかった。謎《なぞ》のようなそのまなざしに、シャロンは不意に悟った——リーは知っているのだ、アランがさっき踊りながらシャロンになにを言っていたか。

シャロンは次にレアルと踊った。すぐあとからリーとシモーヌも踊りはじめた。ダークヘア同士が寄り添い、フランス女性の顔は生き生きして表情豊かだ。シャロンはレアルの肩越しに二人を見ながら、リーとシモーヌはかつて親密な関係にあったのではないかと考えた。アランが登場する前——もしくは、それ以後も。アラン本人はいっこうに無頓着《むとんじやく》で、今度はダンスを丁重に断ったエディーに話しかけていた。

レアルはアランやシモーヌより正確な、だが堅苦しい英語を話した。こんなふうに言うから大げさに聞こえる。「リーがついに妻をめとることに譲歩したと聞いたときは、ぼくたちは大喜びでした。あなたは、リーもそう言うでしょうが、待つかいのあった人です」

「まあ、ありがとう」この男の見まがいようもない真心にシャロンは感動した。「リーとはいつからのお知り合いですか？」

「何年にもなりますよ。まずお互いの父親を通じて仕事の上で知り合いましたが、それ以来の友人です。エディーはあなたのご主人の大ファンです」

「シモーヌもかしら？」シャロンは落ち着いてレアルと目を合わせたが、背中に置かれた手からすでに相手の反応はわかっていた。「やはり仕事上のお友だちなのかしら？」

「同業者ではありません」レアルはシャロンが無邪気だからこんな質問をするのか、まったく見当もつかないといった顔つきだ。「彼女は〈ジュリアン〉というブティックチェーンのオーナーです」

「あら、このスーツはそのお店のものです！」

「高価そうに見えますよ」レアルは目をしばたたいた。「うちのエディーはめったにあそこでは買いません。おかげさまで」突然彼はシャロンを踊っているもう一組のカップルのところへ連れていき、二人の会話に割りこんだ。「シャロンはきみの店のお客さんだよ、シモーヌ。あきれるなあ、自分のところで売ってる服がわからないとは」

黒い瞳がシャロンの青い瞳とぶつかり、シモーヌは口もとだけでほほえんだ。「ほんとうは、わかっていたの」彼女は言った。「特選品は覚えているわ。あなた、いい趣味をお持ちだわ」

「金がかかるということだな」リーが軽口をたたいた。「きみのところは目玉が飛び出るほど高いんだからね、シモーヌ」

「本当にいいものにはそのくらい払う覚悟がなくてはだめよ」シモーヌは平然と逆襲した。「奥さまには出し惜しみなさらないでよ」

シャロンの笑い声は彼女自身さえわざとらしく思えた。「この人はわたしのためなら出し惜しみなんかしませんわ。ね、リー？」

リーの微笑が、それまでとは一変した。「お説のとおりだな」

沈黙があった。が、すぐにレアルがシャロンに回していた腕を解いて、シモーヌに手を差し出した。「新婚夫婦にラストダンスを踊らせてあげようよ。とにかく、これは彼らのハネムーンなんだから。二人を別々に離しておくなんて、ぼくらも相当なもんだね！」

こう言われてはシモーヌも、内心はともかく、愛想笑いを浮かべてレアルの提案に従うしかなく、シャロンはリーの腕にしぶしぶ抱かれた。

「そんなに緊張するなよ」リーは小声で言い、シャロンを引き寄せた。「観客を失望させたくはないだろう？　ぼくたちは新婚ほやほやで、おかしなくらいにのぼせあがっているんだよ。そういう役を演じてくれないかな」

リーに寄り添い、たくましく引き締まった体に接すると、いやでもシャロンは胸が騒いだ。思わず大胆になって、リーの肩に両腕をあずけた。

「これでいいの？」シャロンはつぶやいた。

「完璧《かんぺき》だ」それはシャロンの胸の奥底をうずかせ、全身を官能で震わせるような声だった。

シャロンは取り乱すまいと必死だった。「わたしの新しいヘアスタイルはいかが？」

「わざとやったんだろう？」リーは返事を待たなかった。「その髪型はいろんな点できみを変えたようだな」

「よく？　それとも悪くかしら？」

「見方によるね」

シャロンは少し緊張した。うぶな感じは消えたよ」

「つつしみがなく見えるってこと？」

「というか……わけ知りな感じだな。アランなら、今日の午後町にでかけたときのきみになんか目もくれないよ」リーはそこで、少し口調が変わった。「髪型や服だけじゃないな。今日、ほかになにかあったんだな」

「そのとおりよ」シャロンはリーにあいまいな視線を走らせた。彼女の気持を高揚させた本当の原因をまだ明かす気にはなれなかった。「たくさんお金を使ったから――あなたのお金を。罪悪感と満足感が入り乱れているんだわ、たぶん」

リーはそっけなく笑った。「後者のほうは信じるよ。しかし、図に乗りすぎるなよ。ぼくはそう簡単には陥落しないからな。きみの魂胆はわかっているんだから。ぼくとベッドをともにしてなにかを変えようなんて、そうはいかないんだよ」

シャロンは喉に声がひっかかったような感じだった。「あなたとベッドをともにする気なんかないわ！」

「そうかな」リーはシャロンをきつく抱きしめた。人目を引かずに抵抗するのは無理だった。「その反発がどこまで続くか、確かめたくなったな」

深夜をよほど過ぎてから、やっと客たちは帰りはじめた。シモーヌは人目もはばからず、リーとの別れを惜しんだ。

「いい夜だったわ。昔みたいだった。ぜひまたサントロペに寄ってちょうだい」

アランはにやりと、意味ありげな微笑をシャロンに向けていた。「ぼくも次回を期待しよう」

やっとリーと二人だけになると、シャロンは彼の視線を避けて、そっぽを向いた。

「もう寝るわ」ぶっきらぼうに彼女は告げた。

リーの口調は平静だった。「ぼくも行くよ」

シャロンはリーを振り返った。ちゃかすようにきらめいたまなざしは、シャロンをどきりとさせた。

「だめ、来ないで！」

「じゃあ、下で話そうか」リーは言った。ジョンがグラスを片づけに現れたからだ。「夜は声が遠くまで届くからね」

そのとおりだった。そこに立っていると、隣の船の話し声がはっきり聞き取れる。さらに離れた町の中心からは音楽や人々の笑いさざめく声がやたら大きく聞こえてくる。港でプライバシーを守れるところといったら、船室しかない。

シャロンはリーの先に立ち、これからの闘いにそなえてわが身を励ました。リーと二人になるのはまっぴらだが、彼を求めている自分も否定できない。そのことども彼女は闘わなければならない。

リーは船室のドアをすばやく閉め、あたりかまわず鍵音をたててロックした。

「これでもう、逃げようなんて思うなよ」リーは一瞬その場にたたずみ、シャロンを眺め回し、ふと微笑した。「大したものだな、きみのためにその髪型を考え出した人物は。そんなスタイルが似合う女性は珍しいよ。きみに似合うなんて、この目で見るまでは考えもしなかったな、ぼくは」

「あなたのためにこうしたわけじゃないわ」シャロンは言い返した。「自分のためだわ」

「理由はどうあれ、結果は同じさ。今夜きみが現れたとき、胸がときめいたのはぼくだけじゃないね。アランなんか、すっかりまいってたじゃないか」

「あれは肉体的にだけよ」

「そうだよ。ぼくたちが踊っていたときに起こったことも肉体的にだし」そこで、リーは口調を和らげた。「今も、これはまさしく肉体的なことだな」

リーはドアを離れてディナージャケットを脱ぎ、椅子の上に投げた。ネクタイも同じ運命をたどった。

「あなたと一緒にベッドへは行きませんからね、リー」シャロンは必死で言ったが、リーはまた微笑した。

「失われた初夜というつまらない問題をまず片づけようか」

シャロンの抵抗は長くは続かなかった――リーが抵抗させなかった。情けないことに、シャロンは口づけを返していた。彼女の体は彼を拒む意思も望みもないまま、彼の両手にゆだねられていた。

リーはあせらずにシャロンの服を脱がせていった。情熱に目をきらめかして、彼はシャロンを見た。

「美しいよ、なにもかも」彼はつぶやいた。「腕も脚も長くて、きれいだ！　隠すなよ。ぼくはきみが見たいんだ——見とれてしまいそうだ」

「リー」それは声ではなく、ささやきだった。「お願い……」

このときとばかりにリーはシャロンを抱き上げてベッドに運び、彼女を寝かせて、自分もかたわらに身を横たえた。

「震えないで」リーはシャロンの髪にささやきかけた。「きみを傷つけるようなことはしないよ。きみがその気になるまで、ぼくはなにもしないから。力を抜いて、ぼくに身をまかせてごらん」

「愛していると言って」シャロンは泣くようにせがんだ。「嘘《うそ》でもいいわ、言うだけでいいの」

「だめだ」シャロンが押しのけようとすると、リーの口調も手の動きも乱暴になった。「今さら気を変えようったって、遅いよ。逃げようったってだめだ。どっちにするんだ、シャロン——楽しむか、それとも苦しむのか。ぼくとしては、きみに楽しんでもらいたい」

リーを憎みたい。しかし、シャロンはそれほど強くはなれなかった。気持は官能の力には勝てなかった。体中に次々とさざなみが走る。シャロンをおうリーの心臓の鼓動が胸に響き、彼の熱い口づけに抵抗はたちまち追い散らされた。

つつしみをかなぐり捨て、リーを求めてシャロンは口づけを返した。激痛が襲い、たちまちそれが薄れていくなかで、解き放たれたシャロンはひたすら喜びの世界へと昇りつめた。

シャロンが目覚めたとき、リーは自分のベッドに戻っていた。早朝の淡い光の中に横たわってリーを見つめながら、シャロンは昨夜のことを混乱した気持で思い出していた。リーはもう一度シャロンを愛してから、やっと眠りについた。初めは女性にとって決してベストではないから、とリーは言っていたが、そのとおりだった。あれからシャロンの体は悩ましい余韻を残したままだ。すばらしかった――まったく想像を超えた体験だった。あれが本当は結婚式の日の夜のことで、それにふさわしい感動があったなら、シャロンは今まさに世界で一番幸せな人間になれたのだが。

シャロンの視線を感じたかのように、リーが目を開いた。彼は一目でシャロンの気持の高まりを見てとった。

彼はそっと言った。「こっちへ来いよ」

シャロンは寝返りを打ってリーに背中を向け、襲ってきたみじめさと闘った。「あなたはわたしが欲しいだけなんでしょう?」

「ぼくたちにはそれしかないじゃないか」リーの口調が硬化した。「だからそれを最大限に利用するんだよ。責任を果たせば、きみは好きなだけ浪費できるんだし」彼は寝具をはねのけた。「ぼくがそっちへ行くからな」

リーは前夜のやさしさには欠けていたが、それでもシャロンは応《こた》えずにはいられなかった。まだ彼の重みに釘《くぎ》づけにされたまま、シャロンは低い声で言った。「あなたが憎いわ、リー」リーの笑う声がした。

「それはあいにくだったな」彼の温かい息がシャロンの頬にかかる。「ぼくはきみが相手で楽しかったよ、ダーリン。これからもよろしく。きみが得るものに比べたら、小さな代償だろう」

「わたしはなにもいらないわ」シャロンは必死で否

定した。「リー、わたしは別に……」

「そのせりふは聞きあきたよ」リーは起き上がり、すぐそばの椅子に掛けてあるシルクの部屋着に手を伸ばした。「ぼくたちが帰国したら、ショックを受ける連中が大勢いるだろうな。ぼくはかわいいうぶな娘を連れてでかけたのに、帰りは魅惑的な美女と一緒なんだから」彼は皮肉な微笑を浮かべた「あの父がどっちがいいと言うかだな」

6

二人がホワイト・レディーズに戻ってから二日後のこと、リチャード・ブレントが訪ねてきた。音楽室で退屈そうにピアノを叩《たた》いているシャロンを、彼は見つけた。彼女の髪が午後の日差しに輝いている。リチャードの驚きがあまりに大きいので、シャロンは笑いださずにはいられなかった。

「家をまちがえたと思われました？」シャロンは立ち上がって義父を迎えた。「フランス風にしてみたんです！」

「姿だけじゃなく、だな」なんともいえない表情で、彼はシャロンを眺めた。「リーが変えるように言ったのかい？」

「いいえ、わたしの考えです」シャロンは問うように眉を上げた。「こういうの、おきらいですか？」

「わからんな」慎重な返事だった。「前のシャロンは好きだったよ。今度のシャロンは改めてこれから知ることにしよう」

「前のわたしも、本当はご存じないんですよ」屈託のない口ぶりでシャロンは言った。「知っていただく暇がありませんでしたもの。お酒を召し上がりますか――それとも、お茶になさいますか？」

「お茶にしておこう、この時間だからね」

「でしたら、すぐここに届きます。お父さまがお見えになったこと、レイノルズ夫人は知ってますわね？」

「さっき玄関ホールで会ったよ」リチャードは椅子に腰かけながら、微笑した。「呼び鈴を鳴らすべきだという顔だったよ、勝手に入ってきちゃ困るってね。彼女にも一理あるな、ここの主人はもうわたしじゃないんだから」

シャロンは気持をこめて言った。「いいえ、ここは本当はお父さまのお屋敷なんですから、自由に出入りなさってください」

「いやいや、ここはきみとリーのものだ。法的にもはっきりさせてある」間をおいて、リチャードは言った。「あの子は留守かな？」

「人に会いにでかけました」

「誰に？」

「さあ」ホールのほうからティーカップの触れ合う音が聞こえ、シャロンはほっとした。「仕事だと思いますけど」

「日曜の午後にかい？」リチャードは首を振った。「わたしからあの子にちょっと言ってやろう」

「すぐ戻るはずですから」あわててシャロンは言った。「夕食を召し上がっていってくださいますでしょう？」

「それがだめなんだよ、残念だがね。そうしたいのはやまやまなんだが。ローナがローラ夫婦のところに滞在中でね、そこへ招《よ》ばれているんだよ。娘はあきもせずに、わたしたち夫婦を仲直りさせたがってね。もちろん、覆水盆に返らず、なんだがね」そのとき音楽室のドアが開いた。同時にリチャードは立ち上がり、家政婦からお茶のトレイを受け取りに戸口に急いだ。「あとはわたしにまかせなさい。ご苦労だったね、レイノルズさん。さあ、下がってひと休みしておくれ」

ドアをしっかり閉め、トレイをしっかり持って戻ってくるリチャードをシャロンは笑いながら迎えた。

「そんなふうにあの人に接することができたらいいんですけど。この家の主婦は誰なのか、わたしにはまだよくわかりませんの」

「きみだよ、そこをまちがえてはいけないよ。彼女がいると面倒なら、解雇して、別の家政婦を見つけなさい」

「まあ、そこまでしなくても。家の中の仕事はわたしでできますわ」

「ほかのことがなにもできなくなるよ。家事については子供ができてから考えればいい」シャロンからお茶がなみなみと注《つ》がれたカップを受け取りながら、リチャードは彼女の顔に目を据えていた。「きみたち、子供はつくるんだろう?」

「そのうちに」シャロンは顔がこわばるのを感じた。

「早くおじいちゃまになりたいですか?」

「そりゃ、けっこうなことだと思うよ――孫が相手なら責任はないんだから、それは楽しいよ。子育ては遊びごとじゃない。子供は必ずしも親の思うようになるもんじゃないし」

「リーのことですか?」そっとシャロンがたずねると舅《しゅうと》は笑って頭を振った。

「まあね。しかし……いや、きみはあの子の奥さんだ。あの子がときに、どうしようもなくがんこになることは、教えるまでもないだろう。その点はわたしに似たんじゃないよ。わたしの信条は虚心坦懐《たんかい》というくらいだから」そむけられたシャロンの横顔をつくづく見た彼は、口ぶりが変わった。「あの子はきみを幸せにしているだろうね」

「もちろんですわ」リチャードと目が合ったシャロンは、彼がすっかりだまされてはいないのを知って、ちょっと肩をすくめてみせた。「お互いにちがいはありますけど、それは誰でもそうですし。合わせるように努力しています」

「二人でかい? それとも、きみだけかな?」彼はずばりと言った。「いや、答えてくれなくていいよ。きみが彼をどう扱うかは、きみの問題だ」

シャロンはまるで言うつもりのなかったことを、なぜか口にしていた。「リーはなぜ、お父さまから会社を譲られるまえに結婚しなければならなかったんですか?」

一瞬おいて、リチャードは答えた。なにかを悟ったような表情だ。

「あの子には錨《いかり》のようなものが必要だった。私生活における責任かな。仕事に対する心がけは見上げたもので、事業を引き継ぐ才能はありあまるほどなんだが、ちょっと度が過ぎたんだよ……遊びのほうが」

「特に女性関係ですね」相手の目に束《つか》の間浮かんだ表情を見て、シャロンはほほえんだ。「いいんです、そのことはよくわかっていますから。初めてお父さまとお会いしたとき、わたしはひどくうぶな娘に見えたかもしれませんけど、わたしが彼にとって初めての女性でないことくらいは気がついていました」

「しかし、きみは、あの子が深く感じるところのあった初めての女性だよ」リチャードはしわがれた声で反駁《はんばく》した。「息子が電話できみのことを話したとききに、わたしはそう感じたが、きみに会って確信したよ。きみは、あの子がそれまでつき合ってきた女性たちとは非常にちがっていたよ、シャロン。年が若くて世慣れていなくて、まるっきり自信がなくて——なのに、信念はちゃんと持っているんだな」

「色気のないタイプですこと」

「そういうことを口にできるタイプじゃなかった」リチャードは目を細めてシャロンを眺めた。「一カ月もしないうちに皮肉が言えるようになったのかな」

シャロンは顔を赤らめた。「ごめんなさい——如才なく見せたかっただけなんです。お父さまのおっしゃった意味はわかります」

「では、きみは今もリーを愛していると考えていいんだね？」

「はい」シャロンにはそれしか言いようがなかった。リーに対しては、ありとあらゆる感情を経験してしまった。それを総合すれば、そう、わたしは彼を愛している。

「いいだろう」灰色の瞳が例の、鋼のような光を放った。「わたしがまちがっていたとは思いたくない」

リチャードはそこで話題を変え、地中海のリゾートをどう楽しんだかシャロンにたずねた。シャロンは彼にドミニック・フォスターのことを話してみたくなったが、やめた。そのことはまだリーにも言ってはいない。

六時ちょっと前にリーが帰ってきたとき、二人はまだ音楽室でおしゃべりをしていた。リーは父親に気軽に挨拶《あいさつ》し、シャロンには椅子のうしろから身をかがめて、彼女の髪に軽くキスした。

「どう思われますか、この新しいヘアスタイルを？」リーが父親に言った。

「まだ考慮中だよ」どことなくあいまいな口調だった。「おまえは気に入ったようだね」

「なにごとにせよ、いつかは慣れるものです。実を言うと、気持の調整に多少時間はかかりましたけどね」

シャロンは急いで言った。「お父さまに夕食までいてくださるようにお願いしたんですけど、ご無理なんですって」

「ローラのところの例の〝内輪《アットホーム》で〟というやつさ」リチャードは説明した。「おまえたちも近々巻きこまれる覚悟でいないとな」

「なるほど。じゃあ、ぼくたちが先手を打ってやろう」リーはシャロンが座っている椅子の肘掛けに腰をのせている。「きみの意見は、ダーリン？　来週はどうかな？」

「おまえは火曜日はコペンハーゲンだぞ。木曜の夕方までに帰れるのかね」シャロンが表情を変えたのをとらえて、リチャードは言った。「リーはきみに話してないのかい？」

「適当なときに言おうと思っていたんですよ」リーは平然としている。「じゃあ、ローラには土曜日ということで。お母さんにも、その気がありそうだったら伝えておいてください」

リチャードはシャロンを見て、にっこりした。「その新しい髪型のことは、誰にも言わないからね。みんなのびっくりした顔が楽しみだよ！」

リチャードを見送りに出たあと、家の中に引き返しながら、シャロンは肩にのっているリーの腕を不意に振り払った。

「いいのよ、もうそんなことはしなくても。お父さまはお帰りになったし、普段のあなたでいいんです」

「いつもどおりのぼくだよ」相手の友好的な口調に、シャロンはいぶかしげなまなざしを向けた。「きみに触れるのが好きなんだよ」彼はシャロンのあごの先を指で軽く支えて口づけし、対応の仕方に困っているシャロンを見て微笑した。「そんなふうに挑発するなよ。さもないと夕食をとりやめにして、きみを二階に連れていくぞ。そんなことをしたら、レイノルズ夫人はなんと思うだろうね！」

「ほかに考えることはないのかしら？」シャロンはいやみを言った。

「きみといるときに、それは無理だよ。なにしろベッドの中のきみは格別だからね。きみのいやがることをしてやるっていうのが、ぼくには特別の刺激になるのかな」そこで、リーはなぜかシャロンから手を離した。「父はここにどのくらいいたんだい？」

「二時間くらいかしら？」もっとリーに触れていたい――シャロンはわけのわからない感情に囚《とら》われていた。「あなたがわたしを幸せにしているかどうか知りたかったんですって」

「それで、きみの答えは？」

「天にも昇る心地ですわ、って」

リーは長い間シャロンを見つめていた。「ほかにもなにか言ったのか？」

嵐《あらし》のような感情は去り、シャロンの気持は冷めていた。「心配しなくてもいいわ。お父さまは、あなたのような人と暮らしたら地獄だとわたしにおっしゃったかたですもの。すぐうまくいくなんて、思ってもいないでしょうよ」

「それはかえって助かるな。いくらか進展したところを見せる必要もあるな」

「うまく演技するっていうことかしら？」

「いいよ、演技でも」リーは突然冷淡な口調になった。「結果が同じなら、それでいいさ」

月曜日、シャロンは一人きりになる一日を楽しみにしていたのだが、半日もたたないうちに身のおきどころがないほど退屈になっていた。

四時にもなると、シャロンはリーの帰宅を心待ちにしはじめた。彼に対する反感はなぜか薄れている。六時にリーから電話があり、まだ仕事中だから夕食を先にすませるように言われたときは失望を隠せなかった。居間の暖炉の前の小さなテーブルで一人だけの食事をし、窓を打つ雨の音に耳を澄ましながら、シャロンはリーとともにコートダジュールの日々に戻れたらと思わずにはいられなかった。

ハネムーンの後半は、問題を抱えながらも寂しい思いはしなかった。ポール・グリモー、カンヌ、アンチーブ、ニースなどの港を訪れ、オレンジやユーカリ、レモンや月桂樹が香る田園を抜けて山間《やまあい》の村や小さな町をレンタカーでドライブした。カヴァレールやル・ラヴァンドゥーのまぶしいほどの白い砂浜から海に入り、シーズンオフの静けさも満喫した。

モンテカルロでは二日過ごし、一晩はカジノで食事をして、ギャンブラーや豪華な身なりの女性たちを見物した。その夜シャロンが着たドレスは今は二階の洋服だんすに、リーのお金で買ったほかの服とともに眠っているが、カジノのような場所でも決して見劣りしなかった。そのドレスにつけるようにとリーから贈られたダイヤの首飾りもそうだった。必需品だよ、と彼女の首にそれを留めながらリーは言ったものだ。

それにしても、夜会服のリーはすばらしかった。女性たちが彼を見るときにシャロンが味わった、あの誇らしい気持。リーはその夜、数人の人々にシャロンを紹介し、彼が選んだ花嫁について盛大な賛辞を浴びた。社交辞令でなく招待も受けたが、マルセイユへ戻らなければならないのでと丁重に断った。つまるところ、シャロンは合格したのだった。そのあたりからシャロンの自信は花開いた。

その自信を総動員しなければならない。週末にブレント家の二人の女性を迎えるために。手始めにシャロンは当日の献立を考えはじめた。

九時過ぎにやっとリーが帰ってきた。疲労した顔で、食事は外ですませたからとお酒を注ぎ、一気にグラス半分を空にしてから椅子に体を沈め、脚を伸ばして、ほっとした顔になった。

「明日は何時におでかけなの？」シャロンはおずおずとたずねた。

リーは椅子の背に体をあずけたまま答えた。「十時の飛行機に乗るから、八時前にここを出る必要があるな。レイノルズ夫人にスクランブルエッグとトーストを頼んでおいてくれよ。七時半ごろだな。きみは起きなくていいからね。寝返りでも打って、またひと眠りしたまえ」

「わたしは一度目が覚めたら眠れないわ」

リーは肩をすくめた。「お好きなように。金曜の朝に戻る予定だが、たぶん空港からオフィスへ直行だろう。土曜のディナーパーティーは忘れないでくれよ」

「わかってます」忘れろというほうが無理だわ、とシャロンはひねくれたことを考えた。「あなたのおうちのかたは特にきらいなものはないでしょう？」

「ないと思うよ。しかし、なにを出したって、うちの母はどれかが口に合わないときっと言うな」

「わたしが考えた献立だから？」

シャロンのいやみにリーは取り合わなかった。「いつものことなんだよ。あの人はどこへ行こうと、そうなんだから。彼女の意見によると、純然たるほめ言葉は、長い目で見れば害にしかならないそうだ。心配ないよ——彼女にはそうしょっちゅう会うわけじゃないんだから。あの人とぼくは、どうもしっくりいかなくてね」リーはにやにやしている。「ぼくはとにかく、粗野でわんぱくな子供だったからね。きみは信用しない顔つきだな」

「ええ」シャロンは率直に言った。「わんぱくっていうのは気持の抑えがきかないわけだから、あなたにそんなところがあったのかしらと思って。クールな自信とかなら納得できますけど」

灰色の瞳は不可解な表情を浮かべていた。「きみはぼくに自制心を失《な》くせと言うのか」リーはそっと笑って、グラスを下に置いた。「ぼくとしては、きみから自制心を奪えれば満足だよ。明日は早いし、今夜は早寝というのも悪くないな」

シャロンはその場を動こうとしなかった。「まだ眠くないわ」

「じゃあ、ここの鍵《かぎ》をかけて、暖炉の前で愛し合おう」リーは言った。「これからの数日をもちこたえるものがぼくには必要なんだよ」

こんな場面ではいつもそうだが、シャロンの胸は早鐘を打った。求める気持と拒絶する気持とが彼女の中で争っていた。「あなたは、そんなに長く女性なしで過ごすつもりなんかないでしょうに！」

リーは一瞬シャロンを凝視したが、あごの筋肉の動いたのが唯一彼の感情の表れだった。「きみの言うとおりなんだろうな」やっと彼は言った。「気分転換はいい休養になるからな」彼は立ち上がった。「とにかく、ぼくは階上《うえ》に行くよ」

彼は部屋を出ていき、シャロンは唇をかんだ。思いどおりになったのに、満足感はなかった――どうしてわたしはリーとの関係の限界を認めて、それを最大限利用できないのかしら？　多くの女性たちはシャロンをうらやみ、これ以上なにが必要なのかと思うだろう。しかし、体を求め合うだけの愛を越えたなにかを求める気持が、譲歩することをシャロンに許さないのだ。

十一時半を過ぎてからやっとシャロンが寝室に上がっていくと、リーは眠っていた。明かりをつけて彼の目を覚まさないように、シャロンは浴室で着替え、手探りでベッドに戻り、そっとシーツの間にすべりこんだ。

突然リーが動き、シャロンの不意を襲った。シーツがはねのけられ、逃れようのない手がナイトドレスの襟ぐりをつかんで、情け容赦なく一気に裾《すそ》まで引き裂いた。驚きのあまり声も出ないシャロンは、体をあずけてくるリーを見た。無慈悲そのものの相手の力強さと目的に逆らえるものではなかった。シャロンは従うしかなかった。

それはまたたく間に終わり、リーは転がるようにしてシャロンから離れ、あおむけになって荒く息をついていた。

シャロンはみじろぎもしなかった。身も心も痛みにあえいでいた。「あなたにこんなことをする権利はないわ」こわばった唇から言葉がこぼれた。

リーの声は低く、険しかった。「いやならいやと、はっきり言えよ。今夜のようなからかうような言い方はするな」

それっきりリーはなにも言わない。重苦しい沈黙だった。手足を引きずるようにして起き上がったシャロンは浴室に行き、ドアの鍵をかけた。

震えが止まるまで、シャロンは温かい湯を浴び続けた。しかし、心に受けた傷を癒《いや》すものはなかった。リーは彼女を待ちかまえていたのだ――強姦《ごうかん》しようと。わたしがどうしたとか、なにかを言ったからだとか、そんなことは理由にならない。絶対に！

浴室にはリーの白いバスローブしかなかった。それを着て、ベルトをきつく結んでからシャロンはドアを開いた。

リーはさっきのままの姿勢であおむけに横たわっていた。寝室のドアへ進むシャロンに、リーは声をかけた。

「どこへ行くんだ」

「別のベッドを探しに」振り返りもせずにシャロンは言った。

「やめろ」リーは起き上がった。

「いやよ!」激しい嫌悪にシャロンは声を震わせた。「もうあなたとは、絶対にいや!」

リーはシャロンをとらえ、開きかけたドアを足で蹴《け》って閉めながら、彼女を抱き上げてベッドに運んだ。「きみはここで寝るんだよ」彼は枕《まくら》の上にシャロンを降ろした。

「またレイプできるから?」シャロンの狙《ねら》いどおり、リーの口もとがぴくりとひきつった。「誇りというものを持っていただきたいわ!」彼女は絞り出すような声で言った。「リー・ブレント、あなたのような人は絶対に愛せないわ! 今後はもう、わたしのそばに来ないで。聞いてるの? わたしに少しでも触れたら、お父さまのところへ行って、どんな息子をお持ちか話しますからね――あなたは後継者にふさわしくないって、お父さまは思うでしょうよ!」

リーはしばらくみじろぎしなかった。顔はまったく無表情で、目は冷ややかだった。「きみがベッドを探しにいく必要はない」彼は言った。「ぼくが行くよ。コペンハーゲンから戻ったら、すぐに別居の手続きをするから。きみはどこに住みたいか、考えておきたまえ」

シャロンの喉はからからに干上がった。これだけ言うのもやっとだった。「リー、わたし……」

「これで決まりだな」彼の口調は決定的だった。「もうたくさんだよ。後継者なんか知ったことか。どうにでもなれだよ!」

シャロンが言うべき言葉も見つからないうちに、リーは出ていった。言うべきことなどなかったのだ。終わってしまった、シャロンが終わらせてしまった。とうとう取り返しがつかないほどに。その事実は重重しくシャロンにのしかかってきた。

長く、決して終わることのないような朝だった。シャロンは音楽室にいた。電話が鳴った。もうすぐ十時半。リーはもう飛行機に乗っているはずだ。

男の声にシャロンはなんとなく聞き覚えがあった。

「シャロン・ブレントさんをお願いします」

「はい、わたくしですが」シャロンが答えると、相手は親しげな声になった。

「そうじゃないかと思ったんだ。ドミニック・フォスターだよ」彼は少し待ってから、いぶかしげに言葉を継いだ。「覚えてないのかい？」

「いえ、覚えています」息をのんだままのシャロンの声は非常に落ち着いて聞こえる。「まさか、お電話くださるとは思っていなかったものですから」

「そんな。仕事に関しては、ぼくはいい加減じゃないからね」また少し間があった。「仕事のこと、ご主人に話したの？」

そこに立ったまま、シャロンはいきなり結論を出していた。「いいえ。でも、それはいいんです」

「え？」期待した声だ。「じゃあ、きみは話に乗る気があるわけ？」

「ルッチガールになるつもりですけど」シャロンは言った。

「じゃあ、今日、市内に出られるかな？　サントロペで撮ったスナップを見て、みんなが本物に会いたがっているんだけど」

シャロンは慎重だった。「わたしはまだ採用されたわけじゃないんですね？」

「契約書にサインするだけだよ。その前に昼食をどう？」

シャロンはおかしなことに電話口でうなずいていた。「それがいいと思います」

「よし、一時に会おう。メイドン・レインにあるルールズ。知ってるかな？」

「知ってます。では、のちほど」

受話器を置いたシャロンは不安と興奮を同時に覚えながら、しばらくそこに立ちつくした。これで自立できるかもしれない。

シャロンは新しい目的に燃え立ち、正午の列車に乗るために十一時半に迎えに来るようタクシーを頼んでから、着ていくものを選びに二階に上がった。ちょっと特別な感じで、かといって改まりすぎてもだめ。衣装負けせずにわたしを印象づけられるものがいい。

メーキャップを特別念入りにしてから、シャロンはシルクのイタリアンニットのワンピースとジャケットに袖《そで》を通した。これが彼女の最終決定だった。ワンピースは淡いベージュ、ジャケットは二色づかいのカーディガンスタイル。これに貝のアクセサリーを組み合わせた。幸先《さいさき》のいい知らせだろうか、きのうから降り続いた雨はようやくやんでいた。

7

「きみは実に美しい。しかも、非常に高価なものを身につけているように見える」シャロンとともにテーブルについたドミニックは満足そうだった。「まさにぴったりだな。ルッチの化粧品は安くないからね。肌には最高のものをと決めている女性にアピールしたいわけだし、値段は当然、製品の価値を反映したものになるわけだ」

「その化粧品は本当によそのものよりいいんですか?」シャロンの質問に、ドミニックはにやりとした。

「人々にそう信じさせるのがぼくらの役目なんだよ。きみ、今日は夕方までつき合わされるかもしれないよ。相手方としては、きみをどう使うかじっくり見たいだろうからね。帰るのが少し遅くなってもいいかな？」

「ええ、大丈夫です」

ドミニックはシャロンをしげしげと見た。「ご主人は留守なの？」

「彼はコペンハーゲンにいます」シャロンはそれ以上相手の質問を寄せつけない口調で言ったのだが、目の前のハンサムな男は気がついた様子もなかった。

「ぼくは、あれから少し勉強したんだよ。きみは、あのブレント・インコーポレイテッドのリー・ブレントと結婚して一カ月にもならないんだね。それにしては、今朝電話できみが言ったこと、あれはかなり妙だね」

「なにを言ったのかしら？」シャロンはとぼけた。

「よく覚えているくせに」ドミニックは微笑して、肩をすくめた。「どうやら新婚旅行中にいろいろあったようだな。お金がすべてじゃないからね」

シャロンの瞳に怒りが燃え上がった。「そんな理由で彼と結婚したんじゃないわ！」

「それがすべてじゃないだろうがね。しかし、きみの今日の格好だって、お金のおかげだよ。結婚式の写真を見てごらん、きっと別人みたいだから」

「それは、カメラマンにあなたのような才能がなかったからじゃないかしら」

ドミニックは感心したように笑った。「ねえ、きみはサントロペ以後、また変身したようだね。少し大人になって、それがいい形で出てるみたいだな。この仕事が成功すれば、きみはもう誰も頼らなくていいんだ。言わせてもらえば、その鍵《かぎ》を用意したのは、きみを発見したこのぼくなんだからね。最高《トップ》の条件でスタートするんだよ、きみは！」

「じゃあ、あとは下がるしかないわね」適当に軽い調子を心がけて、シャロンはやり返した。「今日わたしを検品するのはどなたかしら?」

ドミニックはこの話題に文句なくとびついた。

「ロジャー・ヴィーナブルズというルッチの常務取締役と、プロモーション関係担当のルーシー・ウェルズ。ほかにも来るけど、きみに直接関係があるのはこの二人だから。彼らにとって、きみは新製品を塗る単なるカンバスなんだ。だから、連中がきみを人間扱いしないからと言って、怒っちゃだめだよ。みんなは三時半にスタジオへ来るから、ぼくたちは三時ごろ着いて、きみが三十分でもリラックスできるようにしよう」

シャロンは苦笑した。「リラックスなんて無理だわ。神経質もいいところだと思うわ」

「神経質になんか、全然なる必要なし。ドミニック・フォスターはわたしを、写真に撮るなら最高のモデルだと思っていると自分に言い聞かせていればいいんだよ」彼は声を落とし、微妙に口調を変えて言った。「しかも、最高に興味ある、とね」

シャロンさえ思いがけない質問が彼女の口をついて出た。「あなたはモデルにする女性とは必ず関係を持つつもりなの、ドミニック?」

相手はたじろぎもしない。「そんなつもりはないよ。気楽にしていたまえ。そろそろぼくたちの料理ができたようだぞ」

食事中、ドミニックは会話を一般的な話題のみに限り、写真についてプロの角度から論じた。一、二度シャロンは相手の顔に見とれて、話を聞いていないことがあった。この人はどう見ても、自分の仕事をなによりも愛している。その罪で結婚に破れたのね、たぶん。カメラの次が自分という立場になりたい女性など、いるわけがない。

ドミニックのスタジオは自宅を兼ねて、キングズウェイをちょっとそれたビルの最上階にあった。

彼のあとについて、大きなスタジオをいくつものエリアに仕切るスクリーンの裏にまわったシャロンは、驚きの声をもらした。自分の顔が四方八方から彼女を見返していた。さまざまなショットが五十枚はあろうか、こんなにたくさん撮られた覚えはないのだが。鏡の間に立っているような感じだ。モナリザのように神秘的な微笑を浮かべたこの顔は、本当にシャロンなのだろうか？　次の一枚では顔をのけぞらせて、開いた唇から、はしゃいだ笑い声が聞こえてくるようだ！

「気に入った？」シャロンを見守りながら、ドミニックはたずねた。

「ええ、もちろんよ。でも、わたしって、本当にこんなふうに見えるのかしら？」

相手は笑った。「カメラは嘘《うそ》をつかない。瞬間をそのままとらえるんだ。ルッチの化粧品はあらゆる機会を高めるっていうのがその思想だから、きみは魅力的な美女からスポーティーな美女まであらゆる状況にいる自分を見せることになる。テニスコートでだって、自分を大切にする女性はルッチなしでいてはいけない！」

「わたし、テニスはしません」表情も変えずにシャロンが言うと、ドミニックはこぶしを突き出して、彼女のあごをそっと打つまねをした。

「そういうユーモアはやめたほうがいいよ。ルッチの連中は大まじめなんだから、きみにも同じことを期待するね。大金なんだよ、こっちの目的は」

「ごめんなさい」シャロンは神妙な顔を作ろうとしたが、見事に失敗した。なぜなら、ドミニックもおかしくてたまらない顔をしている。どちらも笑うのをやめたとき、二人のまなざしがからみ合って、離れなくなった。シャロンがほんのわずか動けば、そこにはドミニックの腕が待っている。彼女は踏み出した――彼から遠くへ。その瞬間は過ぎた。

ドミニックは自分の有利な立場をはっきり認めた

はずだが、それを利用しようとはしなかった。「一杯飲もうか」彼は言った。「そろそろ連中のおでましだよ」

芸術的なインテリアを施したドミニックの自宅の居間にシャロンは座り、渡されたグラスをなにが注がれているのかも考えずにあおった。わたしはいったい、どうしたいっていうの？

ドミニックは座ったまま、なにも言わずにシャロンを見守っていたが、ついにソファの彼女のところに来てグラスを取り上げ、隣に腰を下ろして、彼女を自分のほうに向かせた。

「シャロン、きみは成功の途上にあるんだよ。ぼくが失敗させるもんか。もしご主人がきみを幸せにできないんなら、彼なんか捨てちゃえよ」

シャロンは苦笑した。「たった三週間で？」

「三週間だろうと三カ月だろうと、なにも変わりはしないよ。この仕事が終われば、きみは自活できるんだから」そこで間をおいた。「金が問題なら、ぼくがいくらか前払いしてもいい。きみが借りたらよさそうなフラットもあるよ。ぼくの友人が先週から半年間スペインに行っているんだけど、彼のところは契約で転貸していいことになってるから、そうしてくれとぼくは頼まれているんだよ。どうかな」

シャロンは首を振った。「せっかちね、ドミニック。わたしは五分で決断なんかできないわ」

「じゃあ、考えといてよ。ところで、ブレントって名前だけど、いやなら使わなくてもいいんだよ。結婚前はなんて言ったの？」

シャロンが教えると、ドミニックはうなずいた。

「いいね。言いやすい名前だ。シャロン・タイラーか」呼び鈴が小さく鳴ったのと同時に、彼は立ち上がった。「いよいよご到来だな。スタジオのほうだ」

彼は励ますようにほほえんだ。「きみ、すごくすてきな顔をしているよ！」

ロジャー・ヴィーナブルズは五十歳くらいの小柄な男で、これほど抜け目のない目つきをした人物をシャロンは見たことがなかった。ルーシー・ウェルズはまさにプロモーション・ディレクターを絵に描《か》いたようだ。長身で着こなしがすばらしく、同行のメーキャップ師にすぐ仕事にとりかかるよう指示して、てきぱきと打ち合わせに入った。

チャールズとよばれたメーキャップ師は陽気でなれなれしく、親愛の情を気前よくふりまきながらシャロンに話かけた。

「すてきな髪ね」彼は言った。「美しい色だこと！染めてないのね？　だけど、悪いわね、ダーリン。お化粧は全部やり直してあげなくちゃならないの。肌からして徹底的にルッチガールじゃなきゃだめなのよ。ねえ、ロジャー」

〝ねえ、ロジャー〟と呼ばれたほうは意味不明なことをなにやらうなってから、ドミニックたちとの専門的な会話に戻った。彼はシャロンの存在をほとんど無視していた。妙な話だが、彼の無関心な態度にシャロンはへこたれるどころか、発奮した。

シャロンは彼女の顔に取り組んでいる男の器用な手さばきに魅せられ、彼がなにをしているのか知りたくてたまらなかった。顔が気持よくなったところで、彼の作業は終わった。しなやかでつるつるした肌。シルクのようになめらかな唇。やはりルッチの製品には特殊な成分が含まれているのだ。

ルーシー・ウェルズは触れそうなほど近くでシャロンを眺め回した。唇をすぼめ、どう思っているのか表情からはいっさいわからない。

「すごいじゃないの、チャールズ」ついに彼女は口を開いた。「目の強調されているところがすばらしいわよ！　ロジャー、来て見てごらんなさいよ」

ロジャーは一目見るなりうなずいた。「動きはどうかな？　テレビでは、彼女は鏡からドアのほうへと歩いて、ドアを開く彼女の顔にカメラが迫ることになってるぞ。やってみるか？」

「いいわよ」ルーシーがシャロンに景気のいい声をかけた。「あそこへ歩いていって、ドアを開けてくれない？」

シャロンはそのとおりにした。腹が立って、神経質になるどころではなく、抑えた表情でみんなのところへゆっくりと大きな歩幅で戻ってきた。

「いいだろう。あとはきみの腕次第だぞ、ドミニック」もはやシャロンのほうなど見もせずに、ロジャーは言った。「契約のほうは頼んだよ、ルーシー」

近づいてくるシャロンにドミニックはすばやく首を振ってみせたが、その合図を無視して、彼女ははっきりと言った。「わたし、この仕事がしたいのかどうか、まだ自分でもよくわからないんです。考える時間をいただきたいんですが」

全員がシャロンに注目していた。チャールズだけがこの事態をおもしろがっているようだ。まず口を開いたのは、ルーシーだった。

「まったく無名のあなたとしては、こんな幸運には感謝すべきなのよ。トップクラスのプロだって、このためならどんな犠牲でも払うわよ！」

「でも、有名人は必要としていらっしゃらない」シャロンは負けるものかと言い返した。「ルッチガールは新製品と同じく新人でなければならない。一般大衆に知られた顔では、インパクトに欠けますものね」

年上の女が、たじろいだようにまばたきした。

「あなたでなくてもいいのよ」

「でも、いない。いれば、とっくに決めていらしたでしょうね。それに、新たに探す時間もあまりありませんわね」

思いがけないことに、ロジャーが突然くすくす笑いだした。「ぼくらの負けだよ、ルーシー」初めて彼はシャロンを話し相手として認めた。「どのくらい時間が必要かな？」

「一晩です」シャロンは言った。

「いいだろう。やらないと決めた場合は、ドミニクに知らせてくれたまえ。彼はまた誰かを探さなくてはならないからね」そんなことが起こるとは思ってもいない口ぶりだったが。

「やるじゃない、ダーリン！」チャールズが感嘆のつぶやきを残して、スタジオを出ていくほかの二人を追いかけた。「連中になめたまねをさせちゃだめ！　じゃ、来週ね」

三人組の背後でドアが閉まるのと同時にシャロンはドミニックと目を合わせ、なかば謝るように、しかも昂然《こうぜん》と肩をすくめてみせた。

「どうぞ、おっしゃりたいことは？」

「なにを言えばいいのさ？」ドミニックはやり返した。「新人としてはすこぶる優秀な状況判断だったじゃないか」彼はじっとシャロンを見た。「本当に考え直す必要があるのかい？」

「まだ気持が決まらないのよ、ドミニック」シャロンは告白した。

「このことはきみの結婚に関係するんだぞ」

「自分でもわからないの、どうしてためらうのか。リーは帰国したらすぐに別居する気なの……」

「そうさせればいいじゃないか。きみには、彼は必要ない」突然ドミニックはシャロンに近づき、むさぼるように彼女にキスした。「ここへ、ぼくのところへ引っ越しておいで」

彼の腕に抱かれたまま、シャロンは小さくため息をついた。「いいかげんなのね」

「いや、いいかげんな気持じゃない。初めて会った日から、きみのことが忘れられないんだ」ドミニックはシャロンから少し離れ、彼女の顔をのぞきこんだ。彼の顔は真剣だった。「シャロン、ぼくたちは二人とも、誰かが必要なんだよ――そばにいてくれる相手が。きみはきみの夫である男を愛してはいないんだから」

シャロンは喉がつまった。「だから、過ちは繰り返したくないし、とてもその気にはなれないの、ドミニック」

ドミニックはなかなか答えなかった。やがて、彼はため息をつき、あきらめたように肩をすくめた。

「わかったよ。しかし、ルッチの契約もそうだけど、ぼくにきみを使わせてくれるね？」

決心を長引かせても、一晩でなにも変わるわけがない――シャロンはうなずいた。「いいわ」

「よし。このニュースは明日の朝連絡することにして――今から仕事をはじめてもいいかな？」

「もう五時ね」そう言いながらも、シャロンは不意にさっさと仕事にとりかかりたい気になっていた。

「じゃあ、二時間仕事して、夕食にしよう。それからぼくが車で家まで送るよ」

わたしに家なんかない、とシャロンは思った。あそこはリーが戻るまでの宿泊先にすぎない。

写真撮影というのは思ったより疲れることがわかった。七時までまだ十五分あるのに、シャロンはもう今日の仕事を終了にしたくてたまらなかった。

「きみはもう少しスタミナをつけないとだめだな」

そっけない感想を述べたてたドミニックも、結局シャロンに哀願されて折れた。「見開きの広告写真一枚撮るんだって、午前中いっぱいくらいの時間がかかるんだからね」

「ロジャーたちは撮影中もここにいるの？」

ドミニックは首を横に振った。「ぼくは仕事をしているところを見物されるのがきらいなんだ。モデルが神経質になると、ぼくもいらいらする。チャールズにはもちろんいてもらうよ。化粧直しが必要だからね。しかし、彼については問題ないだろう？」

「ええ」シャロンはうなずいた。「チャールズはどっちかといえば好きだわ」

「彼なら安心という意味か」

シャロンは少し胸が痛んだ。「リーみたいなことを言うのね」

「きみのご主人とぼくは、きみが思ってるより似ているのかもしれないな」シャロンと視線が合ったドミニックは、しかめっ面をしてみせた。「いいから、いいから。ぼくは振られるのに慣れてないものだからね。化粧室はあっちだよ、でかける前に身づくろいをしたかったらね」

シャロンは彼の言葉に従った。確かに彼とリーにはたくさんの共通点がある。しかし、ドミニックは相手の拒否を認めることができる。

化粧室は狭いが、美しく整えられていた。鏡は劇場の楽屋のように、いくつもの電球で囲んであった。プロの手で化粧された自分を初めて見て、その効果が実に見事なことをシャロンは認めなくてはならなかった。上まぶただけに施された陰影は、ブルーの発色といい、白色の輝かせ方といい決して大げさでなく、芸術作品と言ってもよかった。

鏡の前に座ったまま、シャロンはリーが帰ってくる週末のことを考えようとした。土曜日の晩と決めた家族のパーティーのこと――わたしたちが別れるのに先立って、そんな意味のないことをリーはしたくもないだろう。

リーは、彼の留守中にシャロンが気をきかせてパーティーの中止を決めるとでも思っているのだろうか？　そんなことをしたら、シャロンはどんな質問の矢面に立たされることか。なぜ、わたしが？　リーの家族じゃないの。彼が自分で言えばいいんだわ。とにかくリーが帰る金曜日には、わたしはホワイト・レディーズにはいないことだわ。

気持に区切りをつけてシャロンはスタジオに戻っ

た。着替えてきたドミニックが、淡いピンクのシャツのカフスボタンを留めながら言った。

「転貸の件はどう？」

「そのことも頼もうと思っていたの」ためらいは消えかかっていた。「わたしにそこを借りるような余裕ができるかしら？」

「できるとも。今日契約書にサインしていれば、きみにもそれはわかったはずだよ」

シャロンはゆっくりと息を吸い込んだ。「じゃあ、借りることにするわ。ところで、そのフラットはどこにあるの？」

「ここからすぐだよ。家具もたっぷりついてるし。きみは身の回りの品だけ持ってくれれば充分だよ。トリーンは画家なんだ。といっても、コマーシャルの仕事で食べているんだけどね。これから連れてってあげるよ」

「いいえ、今夜はいいわ」躊躇《ちゅうちょ》する自分の気持がシャロンには理解できなかった。「金曜日に引っ越してもいいかしら」

ドミニックはシャロンに探るような視線を向けたが、意見は差しひかえた。「わかった。鍵と住所のメモを渡しておくから、直接行けばいい。では、食事に行くとしようか」

ランチタイムのデートとはまったく対照的に、ドミニックが選んだのはアール・ヌーボーの装飾を施したフランス料理のレストランだった。

シャロンの反応を見たドミニックが言った。「こういうのがきらいなら、あのフラットはだめかもしれないよ」

「我慢して住むわ」シャロンは彼を安心させた。

「半年だけのことですもの」

「トリーンが帰ってきたあとは、どうする？」

「ほかを探すわ」そんな先のことなど、シャロンは考えたくもなかった。「働いていればの話よ」

「それはぼくが保証するよ。ルッチは二年の専属契約を結ぶつもりだよ」

シャロンは衝動的に片手を伸ばして、ドミニックの手を軽く握った。「わたしのためにいろいろしてくださって、感謝してるわ」

ゆらめくドミニックのまなざしからシャロンの視線はそれて、彼女たちを見ている隣のテーブルの女性の顔にぶつかった。はっとしたシャロンの表情を見てとったのだろう。あいまいだった相手の顔に確信の表情が浮かんだ。

「やっぱりあなただったのね」彼女が身を乗り出して、ドミニックの肩越しに話しかけた。「別人みたいなんですもの、あなたったら！　リーは元気？　あなたたち、まだ南仏かと思ってたわ。スイスからあちらへ行ったってローラが言ってたから」

「先週戻りましたの」平静な口調を保つのにシャロンは苦労した。この声。結婚式の日がなんと遠く思えることか。テラスで交わされていた会話を聞いたのは、本当にこのわたしだったのだろうか。「こちらはドミニック・フォスターです。ごめんなさい、あなたのお名前が思い出せなくて」

「ジョイス・グレゴリーよ」彼女は危険な微笑を浮かべていた。いかにも居心地悪そうな連れの男を彼女は紹介した。「ピーター・ソーントンよ。ねえ、ピーター、リーの奥さんよ。覚えているでしょう？」ピーターが口の中でなにか言うのを振り切って、彼女はドミニックに向き直った。彼は紹介されたのにていねいに応《こた》えて、椅子の上で少し体をひねっていた。「あのドミニック・フォスターじゃないでしょうね？　まあ、ご本人なの！　とても信じられないわ！　あなたの写真の大ファンなんですのよ。シャロンとあなたがお知り合いだなんて。あなた、リーに会う前はモデルじゃなかったわよね、シャロン」

「ええ」シャロンは抑えた声で答えた。

ドミニックが話に割り込んだ。遠回しな探り合いなどナンセンスと見たのだ。「シャロンの前途にはすばらしい未来が開けているんですよ。トップランクのモデルの仕事が契約寸前のところでね」

「まあ、そうなの？」ジョイスはめんくらったようだが、うらやむような顔でもあった。「それは、おめでとう！　リーはどうしたの？　ここで一緒にお祝いしないの？」

「彼はコペンハーゲンですから」シャロンは言った。

「まだこのことを知りません」

「そうよね」口では無理して気心が知れたふうを装いながら、悪意に光るまなざしがそれを裏切っていた。「あの人、妻が仕事を持つのなんていやがるでしょうから」とりわけ、こういった特殊な仕事はと言わんばかりの口調だ。「でも、結局は認めないとね。既成事実ですものね」

シャロンもドミニックも食事を楽しめなかった。ジョイスはそれ以上話しかけてこなかったが、ドミニックはコーヒーと一緒に勘定書を持ってこさせた。

「もう行くの？」シャロンたちが立ち上がると、隣のテーブルから陽気な声がかかった。「残念ねえ！　今夜は一緒に楽しく飲み明かそうと思っていたのに。じゃ、またこの次にね。リーによろしく！」

「いやな女だ」新鮮な外気に触れたとき、ドミニックは声を荒らげるでもなく言った。

シャロンは驚いたことに冷静――もしくは感情を失ったようだった。「あの人が最悪のことを考えても仕方ないと思うわ。新婚一カ月にもならないわたしがこんなところでよその男性と、仲むつまじくテーブルをはさんで手なんか握り合っているんですもの。あの人、リーにそうとう未練があったらしいわ」シャロンは沈んだ口調になった。「だから、リーがわたしと結婚して、彼女は出し抜かれたわけ。

わたしとリーのことが広まれば、大喜びだわ。わたしのあとにおさまる可能性だってなきにしもあらずよ」

「きみのご主人がセンスのある人なら、そんなことはないね」ドミニックはシャロンのために車のドアを開けながら、なおも言った。「じゃ、彼と別れる決心は変わらないね?」

「それしかないんですもの」シャロンは車に乗りこんだ。「リーもそれを望んでいるわ」

運転席におさまったドミニックはエンジンをしばらくかけっぱなしにして、シャロンに向き直った。

「シャロン、そんな気持で家に帰っても意味ないじゃないか。今夜フラットに越したっていいんだよ。明日の朝、ぼくが家のほうにきみの荷物を取りに行ってあげるよ」

シャロンは悲しげな微笑を浮かべた。「レイノルズ夫人があなたを家に入れてくれるかしらね。それに、わたしはリーのお金で買ったものはいらないの。彼は、わたしがお金のために結婚したと思っているのよ」

「そうじゃないんだね?」

「ええ。彼に恋してたわ——彼も、その程度にはわたしに恋してたわ。それがいけなかったのね。信頼が育つほどにはお互いをよく知らなかったの。うわべだけのことだったのよ」

「よくあることだよ」ドミニックは車をスタートさせた。「送っていくよ」

ホワイト・レディーズに着いたときは、もう十一時半だった。

「中には入ってもらえないわ」シャロンはすまなそうに言った。「わたしにはもう、そんな権利がないような気がして」

ドミニックはすぐ答えなかった。彼は月夜に輝く邸宅に見とれていた。「大きいんだな! ルッチの撮影用のすばらしい舞台になるよ。きみはいやだろうけど……」

「だめよ」シャロンはきっぱりと言った「金曜日にここを出たら、二度と来ないわ」

「ついてないな」ドミニックは振り返った。「きみ、いつロンドンに来るの？　時間のことだよ」

「朝よ。リーはまっすぐオフィスに行くって言ってたけど、もし帰ってくるといけないから」

「ぼくに迎えに来てもらいたくないんだね？」

「ええ、タクシーを呼ぶわ」

「運転手つきのロールスロイスじゃないの？」

「それは義父《ちち》のよ。リーは自分で運転するのが好きなの」

「ぼくと同じだ」ドミニックはすばやくシャロンの唇にキスした。「ぼくのことを覚えておいてもらうためだよ。ぼくはあきらめてないからね。いつかきみを今以上の気持にさせてみせるぞ」

8

木曜日。昼を過ぎたころ、シャロンはついに決心した。もしやリチャードが訪ねてきはしまいかと、それをなによりも恐れたからだ。彼の目はごまかせそうにない。こういうことには異常に鋭い人だ。

持ち出す衣服はすでに選《え》り分けてあり、二個のスーツケースに詰めるだけでよかった。ほかの服はいさぎよく残していくことにした。きっぱりと忘れたい人生の一時期とともに。

木曜日はレイノルズ夫人の休日で、村から来る手伝いの女性も帰った。リーに宛《あ》てた手紙は書斎のデスクの上に目立つようにのせた。ここなら、彼も見落とすことはない。

た。ドミニックの友人トリーンのフラットは二階だった。シャロンはタクシーの運転手にチップをはずんで、スーツケースを運び上げてもらった。運転手が去るとすぐ、シャロンは身を隠すようにドアを閉めた。そこは広くて風通しのよさそうな部屋だったが、スチールパイプとガラスでできた家具や一方の壁をおおいつくすほどの現代抽象絵画にシャロンは寒々としたものを感じた。ホワイト・レディーズのあとでは、慣れるのにしばらく時間がかかるだろう。

寝室で荷物を解き終わったときには、四時を過ぎていた。シャロンは突然ふさぎの虫にとりつかれた。これからうまくいくのだろうか？　結婚して一カ月もたたないのに、わたしは夫のもとを出てきた。今後どうなろうと、そのことは忘れられそうにない。

シャロンは居間に行き、トリーンのレコードとテープのコレクションに目を通した。最初に選んだにぎやかな曲は、なぜか孤独を深めるように思えた。シャロンはあわてて静かな曲に換え、型破りなスタイルなのに驚くほど座り心地のいいラウンジチェアにもたれて、目を閉じた。

いつのまにか、まどろんでいたようだ。はっと目を覚ますと、テープは終わっていた。シャロンを目覚めさせたベルの音が再び鳴り響いた。誰かが呼び鈴を押し続けている。

ドミニックだわ――もうろうとした頭でシャロンは思った。契約書を持ってきたんだわ。

ドミニックはまだわたしがここに来ているのを知らない――眠気からさめつつそう思ったとき、シャロンはドアを開いていた。リーがそこにいた。呼び鈴に指を押しつけて立っている彼を見て、シャロンは息が止まった。幽霊でも見たかのように、シャロンの顔は蒼白《そうはく》だった。

リーはダークスーツに身を固め、灰色の瞳は氷のかけらのようにきらめいていた。

「なんのまねだ？」彼は声荒く問いただした。

シャロンはやっと自制心を取り戻した。「どうぞ、お入りになって」

リーが入ってくるのと一緒にシャロンはあとずさりし、相手はドアを閉じた。「明日までお帰りにならないと思っていたわ」シャロンはなんの考えもなしに話していた。

「早目に仕事が終わったから、午後の飛行機に乗ったんだ。帰るとすぐ、書斎に行ってよかったよ」彼の口調には怒りがこもっている。「ここは誰の家なんだ？」

「トリーンっていう人のよ。彼は画家なの」

「彼？」

「わたしは一人よ。彼は半年スペインに行って留守ですから」ぎごちない動作でシャロンはすぐ近くの椅子を指した。「おかけになりません？」

「社交ごっこをやってるんじゃないよ」にこりともせずにリーは言い返した。「この手紙の意味を説明してもらおうか。ルッチというのは何なんだ？」

「これから全国を制覇する新しい化粧品よ」シャロンはつんとして言った。

「きみはモデルをしたこともないくせに。一日や二日でそんな仕事にありつけるわけがない！」

「ありつくだなんて。抜擢《ばってき》されたのよ」シャロンにはこうした状況が、ひどくこっけいに思えてきた。「ドミニック・フォスターって、ご存じでしょう？　カメラマンの。サントロペで、あの日の午後に知り合ったの。そのとき彼にこの仕事をしないかって言われたんだけど、まさか本気だとは思わなかったわ」

「彼が原因なのか？　月曜日の夜、きみがぼくたちの関係に溝を作る気になったのは」

「溝ですって？」あの夜の記憶にシャロンの声は震えた。「いいえ、ドミニックから連絡があったのは火曜日だわ。あなたが別居するとおっしゃったことについてばなにも変わらないわ」

「あれは頭にきて出まかせを言ったんだよ」

シャロンの声は高くなった。「出張している間に考えたのね？　リー、やっぱりあなたはお父さまの後継者になりたいのね。でも、もう手遅れよ！」

「そうかな？」リーはにこりともせずに、シャロンに手を伸ばした。

抗《あらが》うのをやめてキスを返しはじめたのはいつのことか、シャロンにはさだかでなかった。怒りが情熱へと溶けて変わり、これまでのことがすべて今の圧倒的な感情の中で消えていく――それだけはシャロンにもわかった。こんなにもリーが恋しかったとは。やっとそれを知ったのだ。

リーのほうから唇を離した。シャロンの額に頬をつけて、リーは彼女を抱いていた。彼女の耳にリーの息づかいが激しく響く。

「話し合わなくては」冷静とはほど遠い口調だ。「シャロン、もう一度やり直すというのはどうだ？」

シャロンはしばらく答えなかった。気持の整理がすぐにはできなかった。「ゼロから？」やっと彼女はそうたずねた。

「いや、それは無理だ。ここからもう一度ということだ」シャロンの背中にあるリーの両手は温かかった。「きみなんかいないほうがいい、と自分を納得させようとしても、うまくいかないんだ。ぼくはプライドを捨てても、きみが欲しい。きみもそうじゃないのかな。そこから、ぼくたちはなにかを築くことができるはずだよ」リーはシャロンから体を少し離し、問うように彼女の顔を見つめた。「ぼくと一緒に帰ろう」

シャロンもリーを見つめながら、胸が締めつけられるようだった。そう、今の気持が時間と機会を与えられて育っていけば……。

「ルッチとの契約はどうするの？」たずねながら、シャロンはどんな返事があろうと、それを受け入れるつもりだった。

「きみのしたいようにしろよ」

「かまわないの？」

苦笑が返ってきた。「そんなこと言われたって、きみにやめろなんて言う権利はぼくにはないよ」

こんなふうに認めるだけでも大いに価値があるわ

――返事をしようと口を開きかけたシャロンは、凍りついたようになった。入口のドアに外から鍵《かぎ》を差し込む音がする。リーも体をこわばらせている。

花束を抱え、鍵を指にひっかけて現れたドミニックの狼狽《ろうばい》ぶりは、ほかのときならコミカルにも見えたことだろう。

「失礼」彼は言った。「まさか誰かいるとは思わなかったものだから」

「そうだろうな」リーはシャロンを邪険に離し、痛烈な軽蔑《けいべつ》をこめたまなざしを彼女に浴びせた。「スペインにいるとか言わなかったか、きみは？」

「この人はトリーンじゃないわ」リーの態度の急激な変化にシャロンは愕然《がくぜん》として、声をとがらした。

「早合点しないでよ、リー。ドミニックがここの鍵を持っているなんて、知らなかったのよ」

「そう、そうなんです」ドミニックはうなずいた。

「明日シャロンが引っ越してきても大丈夫か確かめに来たんですよ。引っ越しは明日の予定でしたからね。それだけのことです」

「二人ともなんと言おうとむだだよ」リーの逆襲がはじまった。「フォスター、きみは不倫が原因の離婚訴訟で被告の側に立つのは今度が初めてじゃないだろうな？」

「ちょっと待てよ！」今やドミニックも怒っていた。

「きみがなにをしようとぼくは痛くもかゆくもないが、シャロンはそうはいかないぞ」

「新しい人生が開ける矢先に、すべておじゃんになるって言うのか？」リーはすでにドアへと歩き、ノブに手をかけ、シャロンに二度と目を向けることはなかった。「そいつはお気の毒さまだな！」

あっという間の出来事だった。シャロンとリーは和解しかけていたのが、次の瞬間には、歩み寄る機会を失ってしまった。

「きみたちがいるとは知らなかった。ぼくは花とスペアキーをきみのために置いていこうとして、寄ったんだよ」ドミニックはシャロンの顔をのぞきこんだ。「これ、大変なことなんだろう？」

今さら大変もないわ。シャロンはいっさいの感情を奪われたかのようだった。

「いいのよ」それっきり二人は申し合わせたようにこの話題を避けた。

ドミニックは、シャロンが翌日サインすることになっている契約書のコピーを持っていた。

「きみはぼくが見つけてきた新人と見なされているからね。問題が起これば、ぼくが責任をとらされるんだよ」ドミニックは言った。「ルッチの利益を保護するために、契約書には条件がいくつかついてるから、よく読んでからサインしたまえ」彼は口調を少し変えた。「さっきご主人が言ってたようなことをされると、逆宣伝という項目に触れて、面倒なことになるかもしれないよ」

「そんなこと、あの人はしないわ」シャロンは自信をこめて言った。「彼のお父さまが、家名に傷がつくようなことは絶対にさせないわ。たとえ離婚ということになっても、内密に処理するわよ」

ドミニックは肩をすくめた。「この三番目の条件については問題ないな」

それを読んでも、シャロンは特になにも思わなかった――今後二年間に妊娠することは、今回のショー全体に損害を与えることとみなす。ドミニックの言ったとおり、この点についてはなんの心配もいらない。シャロンはこの仕事を成功させようと、ひたすら努力するだけだ。

契約はとどこおりなく行われた。前渡し金も今後数カ月のシャロンの生活費をまかなってもあまりあるほどの額が支払われた。

「それほど、わたしたちはあなたに期待をかけているのよ」小切手を渡しながら、ルーシー・ウェルズは率直に言った。「私生活はくれぐれも秘密にすること。わたしたちみんなの幸せのためにね」

「なんだか詐欺師になったような気がするわ」あとでシャロンはドミニックに告白した。「あの人たち、わたしが結婚していることも知らないのよ」

「知ってるよ。きみは自立した女性なんだって言っておいたよ」ドミニックはシャロンを安心させた。「ただ、彼のお父さんについてのきみの意見が正しいことを祈るのみだよ」

シャロンは話題を変えた。「仕事はいつからはじまるの？」

「火曜日だ。まずロケに行くよ。きみのパスポートは期限が切れてないだろうね」

シャロンはびっくりした。「外国へ行くの？」

「モロッコだよ。ルッチの特徴の一つに暑い気候向けっていうのがあるからね」ドミニックは口もとを少しゆがめた。「そんな深刻な顔をするなよ。あのチャールズも一緒なんだから」

そんなことを心配しているのではないが、シャロンは黙っていた。もしリーがわたしの留守中に連絡してくるとか、訪ねてきたら……。

訪ねてきたのは、リチャード・ブレントだった。日曜日の午後、シャロンは驚くこともなく、義父のためにドアを開いた。

「リーに頼まれていらしたんですか？」リチャードに椅子をすすめながらシャロンはたずねた。

「きみはもう少しリーのことを知らないといかんな。自分のことに干渉されて喜ぶやつじゃないよ」

シャロンは遠慮なしに言った。「では、どうしてお父さまが？」

「わたしは傍観者でいるのをやめたんだよ。きみたちが強情を張りとおして人生を台なしにするのを黙って見てはおれん！　息子からきみの居所は聞けたが、きみが出ていった理由は聞けなかった」リチャードは息子そっくりの灰色の瞳でシャロンの顔をじっとのぞきこんだ。「女性問題かな？」

「女の子です」シャロンは言った。「リーがわたしと結婚したときに、わたしだと思っていた娘です」

「わからないな」リチャードは心底途方に暮れた顔つきだ。「ちゃんと話しておくれ」

シャロンはしばらく相手を見つめていた。誰かに相談できたら、どんなにほっとすることだろう。しかし、リーの父親がそれにふさわしい相手かどうか。

「わたしは口出ししないよ」シャロンのためらいを感じたリチャードは、こう言って安心させた。「きみたち二人の問題だからね」

きちんと決心もつかないうちに、シャロンは話しはじめていた。歯止めがとれたとたん、ここ一カ月こらえにこらえてきたみじめな思いが、いちどきにあふれ出した。

リチャードは無表情だった。感情を隠す能力もまた、彼は息子に分け与えている。シャロンが話し終えたとき、彼はしばらくなにも言わず、例の瞑想《めいそう》にふけるまなざしをして座っていた。

「なにかおっしゃってください」シャロンはせがんだ。「なにを考えていらっしゃるんですか？」

「わたしはこう考えていたんだよ」リチャードはゆっくりと慎重に口を開いた。「このことの責任はわたしとローナにあるのかもしれないとね。寛容と理解を、子供は親を手本にして学ぶものだからね」

「わたしも悪いんです」シャロンは言い張った。

「リーにチャンスをあげるべきでした」

「そのとおりだね。しかし、緊急の際に正しく行動できるものは少ないよ。きみは傷つけられて、仕返ししたいと思った。その気持はわかるよ」

即座にシャロンは言った。「リーにも同じことが言えますね」そして、切ない微笑を浮かべた。

「きみはあの子を弁護している——これはいい徴候だ。しかし、リーはきみに自信のないことがよくわかっていたんだから、状況を正しく判断して、きみを納得させるべきだったんだ」彼は少し間をおいた。「今、リーについてはどんな気持かな、シャロン？正直に言ってごらん」

「よくわからないんです」彼女は告白した。「わたしも以前のままのわたしだとは思えませんし」

「きみはさっき言ったね。きみのカメラマンの友人がここへ闖入《ちんにゅう》してきたとき、きみはリーのもとへ戻る気になっていたんだと。これから一緒にホワイト・レディーズへ行こう。リーはいるよ。ここへ来る直前に、あの子に電話したからね」

「あの人はわたしの言うことなんか信じないでしょうね」シャロンは抑揚のない声で言った。「ドミニックのことについてです。それに、わたしは二年の契約にサインしてしまいましたし」

「契約どおりにいかないこともあるさ。わたしがルッチと話をつけてもいい」

シャロンは口もとを引きしめた。「わたしからリーに泣きついてはいきませんから。あの人がわたしに会いたければ、わたしの居所はわかっているんですから」

リチャードは穏やかな口調で言った。「わたしにできるのは、ここまでだな」

シャロンは立ち上がるリチャードを見守った。痛いほどに喉がからからだった。「会社の後継者はリーになさるんでしょうか？」シャロンはきかずにいられなかった。「それとも、彼の従弟《いとこ》のかたですか？」

リチャードは皮肉まじりの微笑を見せた。「そういうことは心配しなくていいよ。あの屋敷を売りに出した場合は、きみは売値の半分を受け取るんだし。すぐ金が必要ならば……」

「いりません」シャロンは喉に固いものが引っかかったような感じだった。「ホワイト・レディーズを売ったときのお金もいりません」

「きみにも半分の所有権があるんだよ――わたしはきみたち二人の名前を証書に書かせたからね。まあ、リリーは一人ではあそこに住まないだろう」リチャードがシャロンを見る目は、前よりも厳しくなっていた。「シャロン、これからきみが送ろうとしている人生は、見かけは非常に魅力的で刺激に満ちているかもしれないがね。しかし、どんな職業でもそうだが、やりきれなくなったり、どうしようもない挫折《ざせつ》感に襲われたりすることがあるはずだよ。二年もの拘束というのは、長いからね」

人生に比べれば長くないわ――義父を送り出してから、シャロンはそう思った。二年たてば、わたしはすべての束縛から解放される。自分の人生をやり直す自由。それが目標とするゴールだ。

その後、ゴールは近づくよりは遠のいていくように思えた。旅行も、仕事が目的であれば、少しも楽しいものではないことがシャロンにはわかった。モロッコの首都ラバトからアテネ、マドリッド。二日以上過ごした町はなく、いずれもホテルとドミニックが撮影の舞台として選んだ場所しか見ることはなく、彼がアングルと光の具合を確かめている間は灼熱《しゃくねつ》の太陽のもとで汗だくになり、チャールズは彼の苦心して仕上げたサテンのようなメイクが、流れ出る汗でくずれはしまいかとはらはらしていた。

イギリスに戻ると、シャロンはレイクディストリクトで水上スキー、乗馬、そしてテニスはプロの腕前の持ち主と思わせるようなラケットの持ち方を習った。この三つのうちでシャロンは乗馬が好きで、ロンドンへ帰る日の早朝は、ドミニックについていけるほど上達していた。

「ロンドンに帰ると、また仕事、仕事なの？」

「スタジオの仕事は数日で終えて、きみはそれからテレビのコマーシャルに出て――これは一日だな。それが終われば、次の出番までしばらく休息だ」

「その間、何をするの？」

「きみのお好きなように――契約の範囲内でね」ドミニックはちょっと口をつぐんだ。「ぼくはルッチのほうが終わったらすぐエディンバラで仕事があるんだけど、そのあと二人で休暇をとらないか？」彼は意味深長なまなざしをシャロンに送った。「シャロン、これから二年も三年も離婚の成立を待って暮らすなんて無理だよ。ぼくだってそうだ」

シャロンは無表情に相手を見た。「わたしはあなたに恋していないわよ、ドミニック」

「わかってるよ。そんな大げさなんじゃなくて、仲よく暮らしていくことのほうが大事なんだから――親密な関係はなしだよ、もちろん」

「ええ、そうよ。それを忘れてはいけないわ」

ドミニックは上機嫌で肩をすくめた。

次の週、リーからの連絡はいっさいなかった。ドミニックはシャロンがテレビ撮影を終えた翌日に、次の週末までに戻ってくると約束して、エディンバラへ出発した。精神安定剤の役目を果たしていた仕事がなくなってみると、時間はだらだらと過ぎていくのみで、シャロンは名前だけの夫である男への想《おも》いをますますつのらせていた。

三日連続して、朝、吐き気に襲われたシャロンは事態を悟った。浴室の洗面台にもたれた彼女は、鏡の中の絶望にさいなまれた青白い顔を見つめた。せいぜい六週間というところだから、まだ当分気づかれることはない。といって、隠し続けられるものではない。これが知れたら、仕事はどうなるのだろう。

その先を考えたとき、シャロンはショックを受けた。わたしには子供が生まれるのだ。リーの子供が。またも新しい感覚をシャロンは身をもって知った。今度のそれは温かくやわらかく、彼女のうちに忍びこんできた。父親のダークヘアと母親の青い瞳を受け継いだ、かわいい女の子かしら、それともハンサムな男の子かしら?

母となる実感がシャロンを現実に引き戻した。リーの子供。そのことをリーは信じるだろうか? でも、もし信じたとして、わたしたちはどうするの? 子供のためにだけ一緒に暮らす夫婦もいるが、最近は片親の子供たちが増えている。夫なるものは持たずに子供をつくることを選ぶ女性たちもいるが。

でも、どうやって生活するのかしら? 子供の父親からの養育費。しかし、それは財力がある場合のこと。そうでなければ社会保障で。もしリーが子供の養育費を払うとなれば、それほど親であることの確信がありながら子供と離れて暮らすことなどありえないだろう。わたしを連れ戻す気にもなりかねない。でも、わたしは……。

堂々めぐりだわ、とシャロンはうんざりした。まだ妊娠したと決まってはいない。将来のことを心配するのは、医者に診てもらい、確かな診断が下されてからのことだ。

金曜日。実に意外な客が訪ねてきた。リーの妹のローラだった。シャロンは驚きのあまり挨拶《あいさつ》も忘れて立ちつくし、美しく装った義妹の姿を見つめるばかりだった。

「パパに言われて来たのよ」そう言って、ローラはちょっとほほえんだ。「命令と言い直したほうがいいかもしれないわ。おじゃましていい？」

「さあ、どうぞ」シャロンはドアを大きく開き、相手と同じく落ち着き払ったふりをこころがけた。

「すぐ帰るわ」ローラはちらりと部屋を見回して、しかめっ面をしてみせた。「こういうの、お好きなの？」

「いいえ」シャロンは言った。「ほかに行くところがないものですから」

ローラの視線はシャロンの顔に戻り、不意にその目が細められたようだった。「モデルをしてるんですってね。それもドミニック・フォスターの」

シャロンは冷静にたずねた。「ローラ、なぜここにいらしたの？」

皮肉な笑い声があがった。「ずばり、本題にきたわね！　あなたとリーがこうなった原因は、本当はわたしにあるんですってね。わたしがジョイスに結婚式の当日しゃべったことよ」

「あれは、きっかけの一つにすぎないわ。わたしはやっぱり、リーと結婚するべきではなかったんです——あなたがおっしゃったように。ブレント家の理想にはそぐわない人間ですもの」

「うちはもともと、そんな名門じゃないわよ。ママは救いがたいスノッブだし、パパに言わせれば、わたしもママとそっくり同じ道を歩んでいるんですって」ローラは顔をしかめた。「まさにそのとおりなんだけど。わたしはリーに、わたしたちの仲間の誰かと結婚してもらいたかった。わたしと波長が合うような人とね」

「ジョイス・グレゴリーのような人かしら？」

「やめてちょうだい！　彼女なんか絶対いやよ。だからあれは、彼女が候補をはずれたのをからかって、おもしろがっていたということなのよ」ローラはちょっとためらった。「少し座らせていただいてもいいかしら？」

「あ、ごめんなさい。どうぞおかけになって」シャロンはすまなそうに言った。「今、お飲み物をお持ちしますから」

「お酒はいいわ。禁酒中なの。お茶なら、いただこうかしら」

「すぐいれてきます。ちょっとお待ちになって」

シャロンは機械的にお茶の用意をした。頭の中は今ローラと交わした会話のことで占められていた。

しかし、これで状況がよいほうに向かうわけではない。その日シャロンは産婦人科へ行き、彼女の自己診断は正しかったことが証明されていた。まずそのことについて、シャロンはどうするべきか心を決めなくてはならない。

シャロンが居間に戻っていくと、ローラはドミニックが暇つぶしに見るようにと置いていった写真の束をぱらぱらとめくっていた。

「これみんな、本当にすばらしいわ！　あなたは生まれてからずっとこの仕事をしてきたみたいに見えるわよ。キャンペーンはいつからなの？」

「来週ですけど」

「すると、こういう写真が雑誌や広告塔にまき散らされているのを、わたしたちは見るわけね」

シャロンは平静な口調を保った。「テレビのコマーシャルもありますけど、あなたやリーのお知り合いのかたたちは、ほとんどわたしだってわからないでしょうね」

ローラはシャロンのいやみを無視した。「それはそうよ。あなたは見分けがつかないほどの変わりようですもの」ローラは目を上げ、紅茶を差し出すシャロンの顔を間近に、しげしげと観察した。「外見だけじゃないわ。元気なの、シャロン？」

「ええ、もちろん」とげとげしくなる口調をシャロンは和らげようとしたが、むだだった。「ちょっと疲れているんでしょうね。人が想像するより厳しい仕事ですもの」

しばらく間があった。ローラが沈黙を破った。

「父親は誰なの？　リー？　それともドミニック・フォスター？」

シャロンのカップは受け皿に当たって激しく音をたてた。「もうお帰りになって！」

「図星だからなの？　もしリーの子供だったら、彼には知る権利があるわよ」

否定してもむだだと、なぜかシャロンは認めていた。彼女は力なく義妹を見た。「どうしてわかったのかしら？　今日、お医者さまの診断が出たばかりなのに」

「女の直感よ――それに、ちょっとした体験とね。今のあなたのような特別の顔つきを見たことがあるのよ――つまり、鏡の中でね」

「もしかして、あなたも赤ちゃんが？」

「まだつくるつもりはなかったんだけど。家族計画の失敗というところね」ローラはふと微笑した。

「でもジェイソンは大喜びよ」微笑が消えた。「質問の答えをまだ聞いてないわ」

シャロンは顔を上げた。「リーの子供です」

「本当にそう言えるの？」

「ほかに誰の子だっていうのかしら。信じようと信じまいと、好きになさったらいいわ！」

「わたしにそんなに怒らないでよ――わたしは信じるわよ」穏やかな口ぶりだ。「リーが信じるかどうかは、また別だけれど。彼に教えないの？」

シャロンはため息をついた。「言わなくてはいけないと思いますけど。あなたがおっしゃるように、彼には知る権利がありますから」

ローラは一瞬シャロンをうかがった。「兄のところへ戻ったらどうかしら？」

胸が締めつけられるようでありながら、シャロンは首を縦には振らなかった。「それはできません。こんな理由で戻るなんて。彼がそう望んだとしても」

「あなた一人で子供を育てるなんて、生易しいことじゃないと思うわ」

「わかっています」

ローラのまなざしが、ふときらめいた。「ほかに方法がたくさんあるわけではないし」ローラは紅茶にほとんど口をつけずに、立ち上がった。「そろそろ失礼するわ。リーは来週までドイツよ。機会があり次第、わたしから兄に話さなければならないことは、わかってくださるわね？」

「ええ」シャロンも立ち上がった。このことがリーに早く知れれば、それだけシャロンも彼の対応を早く知ることができる。それからにしよう、今後のことを考えるのは。

9

土曜日の午後、ドミニックがエディンバラから戻ってきた。自宅へ荷物を置くのももどかしく、彼はシャロンのもとに駆けつけた。

ドアを開けたシャロンを彼は抱き上げ、キスした。「これから五日間、完全に自由だぞ。どこへ行きたい？　もちろん、きみのテレビ初出演が見られるところだよ！」シャロンを床に降ろし、初めて顔をまともに合わせたドミニックは、急にまじめな顔になった。「なにかあったの？」

「座ってちょうだい」シャロンは言った。「お話しすることがあるの」

ドミニックはすぐ言われたとおりにして、シャロンを見つめた。「さあ、話してくれよ」

ほかに言いようがないので、シャロンは事実をそのまま伝えた。「わたし、妊娠しているの」

しばらくドミニックはぽかんとしていた。やっと、抑えた口調で彼は言った。「どのくらい前から？」

「六週目よ」

「どのくらい前からわかっていたのかときいたんだよ」

「それが、ついきのうのことなの」相手の眉が意味ありげに上がるのを見て、シャロンは顔を赤らめた。「そうね、もっと早くに疑っておくべきだったわね。悩んでばかりで、そこまで気が回らなかったんでしょうね」

「契約書にサインするときに、きみの記憶を当たっておくべきだったんだよ」ドミニックは言った。「それとも、仕事につくために、妊娠の可能性を無視したかだな」

「ちがうわ！　そんなこと、わたしがするわけないでしょう！」

「他人はどうとるかな。とにかく、ルッチのセールス・キャンペーンを最初からやり直すのは無理だからね。もう遅いよ」

シャロンは息をのみ、相手に目をこらした。「なにが言いたいの？」

「解決方法はあるじゃないか。六週目なら問題ないはずだよ」

表情を険しくして、シャロンは言った。「それはいやよ。あなたが言っているようなことはしないわ、ドミニック。契約がどうであろうと！　ほかの人を見つけてもらうしかないわね」

ドミニックは訴えるように両手を広げた。「シャロン、分別を持ってくれよ。きみは経歴に傷がつくだけじゃない、生活にも影響することなんだよ。ご主人はまだ知らないと思うし」

「ええ、まだよ。でも、わかるわよ。彼の妹がきのう、ここへ来たんですもの」

「彼女に話したのか？」

「彼女のほうで見抜いたわ――あの人も妊娠中だから、雰囲気でわかったようよ」シャロンは口もとをこわばらせて言った。「このことについてリーがどうするかは知らないわ。でも、一つだけはっきり言えることがあるの。あなたがさっきわたしにすすめたようなことは、リーなら絶対に言わないわ」

「ぼくは、きみもルッチの仕事もどっちも大事なんだよ」とたんにドミニックは抗議した。「で、ぼくたちのことはどうなるんだ？　ぼくたちの計画は」

「あなたの計画よ。それに賛成だなんて、わたしは一度も言わなかったわ」

ドミニックの口調は冷ややかだった。「ぼくの責任は、仕事の上できみがぼくの期待にきちんと応《こた》えるようにするところまでだからね。それももう終わったな。きみ自身の生活はきみの責任だ。ルッチは背信行為を喜ばないと思うよ」

「じゃあ、わたしを告訴したらいいわ」

「連中はそうするかもしれないよ」ドミニックはドアへと戻り、シャロンに最後の一瞥《いちべつ》をくれた。唇が悔しそうに結ばれている。「きみはあまりこうじゃないと思うよ、シャロン。もし気が変わったら、ぼくの居所はわかってるね」

ドミニックの背後でドアが閉じたと同時に、シャロンは孤独の淵《ふち》に投げこまれた。リーは数日留守だし、ローラがまた訪ねてくるわけもない。しかし、シャロンは自分の責任で、この孤独に耐えていかなければならないのだ。事態になんらかのかたちで決着がつくまでは。

日曜日は快晴。気温も高く、新鮮な空気と運動が必要と考えたシャロンは、バスに乗ってロンドン北部の丘にある公園、ハムステッド・ヒースへ行き、長い間歩いた。

　体内にいる小さな生命のことを考えるときだけ、シャロンは心が慰められた。リーが子供を認知しなかった場合、それでもわたし一人でなんとかやっていこう。ルッチとの契約のことは――あの人たちも、あまり無理は言えないはずだ。前渡し金の残っている分は返し、使ってしまった分は――今までの仕事の報酬としてあきらめてもらうしかない。

　フラットに戻ってきたシャロンは、建物の前に駐車している銀色のベンツを目にし、息をのんだ。こんなふうに、予告もなしに対面するなんて――覚悟もなにもあったものではない。

　シャロンの姿を目にしたリーは車から降り、穴のあくほど彼女を見据えた。

「どこへ行っていたんだ？」挨拶《あいさつ》もなしに、リーは問いただした。「二時間も待ったんだぞ」

「散歩よ」勇気を奮い起こしながらシャロンは言った。「あなたは来週までドイツだって、ローラから聞きましたけど」

「ローラから今朝、電話があったんだ」リーの口調にはぶっきらぼうなところが幾分なくなっていた。「妹はきのう、きみのことを一日中いやになるほど心配したらしいよ」

「自分のほうこそ心配しないといけないのに」

「きみと同じ立場でないということを除けばね」リーは車から離れた。「家の中に入ろう。街角でこんな話はできないよ」

　フラットに入るなり、リーは言った。「きみは座ったほうがいい。疲れた顔をしてるじゃないか」

「わたしは病気じゃないのよ」穏やかな抗議はしたものの、シャロンは言われたとおりにした。

「フォスターは知っているのか？」

「ええ」

　リーの引きしまった唇が薄くなった。「なるほど」

「いいえ、あなたはわかってないわ」リーの受け取り方を察して、シャロンは強い調子で言った。「わたしは彼に、知る権利があるから教えたんじゃないわ。成り行きです。子供の父親はリー、あなたですもの」

リーは表情を変えなかった。「大した自信じゃないか」

予期していた相手の反応ながら、シャロンはやはり傷ついた。瞳が青白くきらめいた。「わたしがベッドをともにしたのはあなただけです、あなたにもわかる言葉で言えば！　信じたくないのなら、今すぐ帰って！」

リーのまなざしは揺るがなかった。「きみは絶対に家を出ていくべきじゃなかった。きみがあんなくだらない仕事に夢中にならなければ、まともな解決ができたんだ」

シャロンは両手を広げて訴えた。「リー、過去の問題を堂々めぐりして、なんの役に立つの？　わたしがあなたと別れたのは、あなたがそう望んでいると思ったからよ。ルッチの仕事はその、ほんの一部です。それももう終わったわ」シャロンはみじめさをかみしめた。「わたしは二年間妊娠しないという条件つきの契約書にサインしたから、告訴されるかもしれないって、ドミニックに言われたわ」

「それは、うちの会社の弁護士たちに調べさせよう」心の動きを表に出さない、リーの冷静な口調だった。「とにかく荷物をまとめたまえ、ホワイト・レディーズにきみを連れて帰るから」

「それはだめよ」つらくても、シャロンの決意は固かった。「それは解決にはならないわ、リー」

「きみはそうするしかない。きみはぼくの子供をみごもっているんだから。家に帰るんだよ」

シャロンはリーを長い間じっと見つめて、灰色の瞳の奥に隠された本心を読みとろうとした。「本当に信じているのね？　絶対に信じてくれなければだめなのよ！」

「信じているよ」やっと硬さがほぐれた口調になった。「ローラの今朝の電話で納得したよ。ローラはここへ来た日、きみにすっかり感動させられて、ぼくたちの結婚前にきみをもっとよく知ろうとしなかったことを後悔しているよ」

「でも、わたしはあのころのままのわたしじゃないわ」シャロンはもの悲しい微笑を浮かべた。「もしも、わたしが……」

「それは言わなくていい」リーがさえぎった。「あと戻りはできない。だから、もしもと願ってもしようがない——ついさっき、きみはそう言ったばかりじゃないか。やり直すとしたら、ここからだよ。さあ、荷造りを手伝うから。あとの片づけは、ぼくがまた来てするから」

　差し出された手にすがって、シャロンは立ち上がった。頼もしく力強いその手の感触に、シャロンは心を動かされた。

　車はロンドン郊外をめざして走った。シャロンは心にかかることを思い切って口にした。

「こんなことが起こらなければ、あなたはわたしを無視し続けたのかしら？」

「正直に言って、わからないな」一瞬おいてから、リーは答えた。「日々暮らしてきたんだし、仕事は強力な万能薬だからね」そこで彼は口ごもり、口調が変わった。「実は、ぼくはまだ気持にひっかかっていることがあるんだ」

　シャロンは心臓が跳ね上がった。「あなたはわたしを信じるっておっしゃったじゃないの」

「信じてるよ。そんなことを言ったんじゃないんだ。ローラがね、もし彼女が見抜かなかったら、きみは自分からは教えなかっただろうと言うんだよ。それは、ぼくも含めてのことだったのかな？」

リーの声にはシャロンを振り向かせるような響きがあった。「なにをおっしゃりたいの？」

短いためらいがあった。「ローラはね、きみが思い切ったことをするんじゃないかと心配したんだよ。それでぼくに電話して、ぼくは今日の一番機に乗ったんだよ」

「じゃあ、お疲れでしょうね」とつぶやいて、シャロンはリーの鋭い一瞥を浴びた。

「質問をはぐらかすなよ、シャロン。きみは堕胎することは考えたのか？」

「いいえ、まったく考えなかったわ。あなたが認めなければ、わたし一人で育てたでしょうね」

「きみがぼくの妻である限り、ぼくは必ず産ませるよ」

「リー、日数を計算してちょうだい。そのうち、はっきりした証拠も現れますからね！」

「弁解はしないよ、感謝はするけどね」

しばらく二人は黙ったまま車を走らせた。車内は淡い金色の光に満ちている。見事な夕日だ。シャロンにとってホワイト・レディーズはわが家と言えるほど長く住んだわけではないが、あの美しい屋敷を再び目にすることができるのは楽しみだった。ただ一つ、心配なことがあるが。

シャロンはそれを思わず口にしていた。「レイノルズ夫人とは、どうしてもうまくいかないわ」

「彼女は辞めたよ」リーが平然とした顔で言った。「二週間前に彼女とはでにやり合ってね。その場で辞めると通告するから、ぼくは給料の半年分を退職金として払って、善は急げで、すぐ出ていってもらったよ。今は別の人にまかせてるけど、それほどうまくいってるとは言えないな」

シャロンは安堵《あんど》感に浸っていた。「わたしにまかせてちょうだい」

屋敷はシャロンの記憶のまま、落日の陽光が西の窓に輝いていた。邸内も相変わらず美しく磨かれていたが、歓迎の雰囲気をかもしだす花々はなかった。明日一番の仕事よ、とシャロンは自分に言い聞かせ、明日もここにいることを思って温かい幸福感に満たされた。

リーのあとから二階へと上がりながら、シャロンは広い肩、引きしまった体を目で追わずにはいられなかった。リーのなめらかな背中に指を走らせたときの感触が思い出され、不意に切ないほどの懐かしさとともに、シャロンは彼の胸にとびこみたいと、心から願った。

二人が使っていた寝室に入ると、リーは運んできたシャロンのスーツケースを床に置き、ベールがかかったような灰色の瞳でシャロンを振り返った。

シャロンは背後のダブルベッドが気になってしまい、彼が抱き上げて寝かせてはくれまいかと願った。そう思うと、シャロンの体は小刻みに震えた。

いきなりリーが動いた。が、彼はドアへと向かった。「ぼくの荷物も出して、車をしまってくるよ」リーは言った。「じゃ、おやすみ」

遠のいていく足音を耳で追いながら、これが当然の報いというものなのだろうかとシャロンは胸が痛んだ。リーは彼女を連れ戻した。子供の父親であることも認めた。しかし、もはや彼女を求めない。これ以上わかりやすい話はない。これで、二人にとってどんな未来があるというのだろう。

それから毎日、シャロンは幾度となくそのことを自問することになった。リーは親切そのものだが、二人の間の溝はそのままだった。

水曜日。ルッチのキャンペーンは全国的な規模で開始された。週刊誌の全面広告を見ながら、シャロンは妙にひとごとのような気がしていた。見返してくる顔は他人のもののようだ。この写真のような幸せにあふれるときなんて、現実のわたしにはあっただろうか。

広告を眺めるリーの顔をシャロンは怖いような気持で見守った。雑誌を返してよこしたときの微笑が、心からのものではないことは確かだった。

「きみを失いたくないと連中が思うのも理解できなくもないな」というのがリーの意見だった。

その日の夜はさらに悪かった。ドラマを観《み》ている最中に、二人はコマーシャルに不意打ちをくらった。テレビの画面を動き回る自分を見るというのは、顔をおおいたくなるような気恥ずかしい体験だった。画面の中でカメラに背を向けた男を、ああも熱いまなざしで見つめるもう一人の自分――こっけいだ。

ありがたいことに、そこで電話が鳴りだした。

それはローラからだった。リーは無表情で相手に相槌《あいづち》を打ち、シャロンに受話器を差し出した。「きみと話したいそうだよ」

「ジェイソンもわたしもあなたのテレビ初出演にすっかり感動しちゃって、それを言いたかったのよ」電話の向こうから明るい声が聞こえてきた。

「そのうち見るのもいやになるんじゃないかしら。あれは序の口よ」シャロンも明るく応じた。

少し間があって、ローラは口調を変えて言った。

「具合はどう、シャロン？　ねえ、聞いてちょうだい。うちのジェイソンは天使みたいによくしてくれるのよ。わたしの兄もそうだといいんだけど」

「もちろんよ。うちの人もそうよ」

「ぼくがなんだって？」電話が終わって戻ってきたシャロンに、リーはのんきにたずねた。

「ローラはあなたが理解と寛容をもって行動しているか知りたかったんですって」シャロンは冗談ぽく言った。「もちろんよって言っておいたわ」

「当然だよ」リーはそっけなかった。「この状況では、ほかにやりようがないじゃないか。きみの今のありさまはぼくの責任なんだから」

で、あなたがそんなふうなのは、わたしの責任なのね――そう思うと、シャロンはつらかった。

翌日の午後、リチャードが予告なしにひょっこり訪れた。

「リーが帰る前に、きみと会いたくてね」彼はうなずくようにしてシャロンを眺めた。「きみたち二人がまた一緒になってくれてうれしいよ」

「それが、三人になりましたの」シャロンは皮肉まじりにほほえんだ。「一度に二人のおじいちゃまになられるご気分はいかがなものでしょうか？」

「けっこうだね。わたしももうそんな年齢かと、覚悟はできているよ。ところでだ」リチャードは言った。「リーはこのままいくと、わたしの後継者だな。きみが出ていったとき、わたしはあの子の生活態度がもとに戻るんじゃないかと思ったがね。そうはならなかったな。かえって仕事に打ちこんでいたよ」

シャロンはにっこりした。「あの人も言いましたわ、仕事が強力な万能薬になったって」

「うん――そうだろうな」リチャードはちょっと黙ってから、シャロンをまっすぐに見た。「きみのおかげであの子はぐんと成長したよ、シャロン。自分を見る目ができた。ずっとましな男になったよ。あとは、きみを幸せにすることだな！」

幸せというのは人に注文してつくってもらうのでなく、自分でつくって練り上げていかなければならない――義父を送り出してから、シャロンは苦い反省の気持に襲われた。そのチャンスを、わたしは一度むだにしてしまった。二度目は……子供が生まれれば、わたしたちも今よりはもっと寄り添えるようになるだろうか。

胸の中で、今まで聞いたこともない声がしきりにシャロンを駆り立てた――おやめなさい、むだな後悔をして時間を浪費するのは。リーにもう一度、あなたを求めさせるのよ！

突然新たな目的を自覚して、シャロンの胸は熱くなった。

八時二十分前。車の音がする。夕食の支度ができたところだ。二人のための食卓を、シャロンは音楽室の開けたフランス窓を前に用意していた。いかにも夏の宵《よい》らしい金色にほてってくるようなかぐわしい晩で、鯖《さば》の背を思わせるような空は明日も晴天のしるしだった。

ホールを進んできたリーは、シャロンが現れると立ち止まった。淡いこはく色のベルベットのガウン姿を上から下まで眺め、微妙に立体感を与えられた彼女の顔へとリーの視線は戻った。

「ルッチガールみたいだな」彼は言った。

シャロンはにっこりと、目もとも唇も温かくほころばした。「肌色を濃くしただけよ。今夜はルッチガールをお手本にして、ドレスもそれらしくしようって決めたの」

黒い眉が上がった。「今夜は特別なのか?」

そうよ、そうなってほしいのよ! 「結婚二カ月目ですもの、それにふさわしくしなくてはと思って。十五分でお食事にしますから、着替えていらしたら?」

リーは皮肉っぽい薄笑いを浮かべた。「こんな面倒なことはしなくていいんだよ、シャロン」

「したかったのよ」今、くじけてはならない。「気分を変えて、音楽室で食事をするの。あまり待たせないでね」

シャロンは唇をかみしめて、キッチンに戻った。今夜うまくいかなければ、もう希望はないかもしれない。

リーはバスローブだけの格好で、ぴったり十五分後に下りてきた。

シャロンは言葉少なく料理を出し、食欲もないままに食べ、ワインは敬遠した。これから夫に愛を告白するのだ。二人の間の溝を埋めるために。

　コーヒーは勝負の前の最後の儀式のようだった。リーはこれで今夜の面倒なお役目も終わったというようにカップを下に置いた。

　どきどきする胸をおさえて、シャロンは行動に移った。ソファの上をすべるようにしてリーに近寄り、おそるおそる彼の頬に触れた。頬の筋肉が、たじろぐようにこわばるのが指に感じられる。続けて、とシャロンは自分を激励した。

「リー」シャロンはすがるように言った。「キスして」

「なぜだ？」平手打ちを浴びたかのように、シャロンは思わず顔をうしろに引いていた。

「お願いしているのよ」こわばった唇から、やっと言葉はもれた。「あなたにそうしてほしいのよ」気力がなえていく。シャロンはリーの顔を両手にはさみ、唇を合わせ、かつてリーからされたように、ゆっくりと、官能的に唇を動かした。

　だしぬけにリーの腕がシャロンの背中に回り、彼女を荒々しく抱き寄せた。今度はリーの唇が侵略者となり、彼の手はシャロンのガウンの中にすべりこんで胸のふくらみを包んだ。

「わかったかい？」リーはシャロンの喉にそっと唇を押しつけて、悲しげにつぶやいた。「ぼくはキスだけではすまないんだよ、シャロン。きみを抱きたくなる」

「なぜそうなさらないの？」シャロンはささやいた。

「なぜなの？　リー」

　リーは顔を上げ、シャロンの表情を探った。「きみがいやがると思ったからだよ」彼は言った。「日曜日の夜にきみを連れて帰ったとき、きみはぼくたちの寝室に入ったとたん、震えはじめたじゃないか」

「怖かったからじゃないわ」あのときと同じように、シャロンは声が震えた。「ああ、リー、わたしはあのとき……あなたに愛してもらいたかったのよ。あなたがわたしを一人にして行ってしまったとき、わたしは死にたいくらいだったわ。愛しています」シャロンはそっと言った。「あなたがお金持じゃなくたって、わたしはあなたを愛します。それは信じてくださらなければ」

「信じるよ」リーの声は低く、こもって聞こえた。「もちろんだよ、ぼくは信じるよ！」

シャロンは問うようなまなざしでリーを見た。

「あなたも？」

リーはにっこりした。「ぼくはそう言わなかったかな？」

「一度もきちんとは言ってないわ」

「ぼくを見ていればわかると思うんだがな」リーは愛情をこめてシャロンにキスした。「きみを愛しているよ、シャロン。口では言えないくらいにね」

やがて、リーは言葉どおりにそれを証明してみせた。

ハーレクイン®

ハーレクイン・ロマンス　1987年7月刊（R-548）

シンデレラの憂鬱

2025年1月20日発行

著　　者　ケイ・ソープ
訳　　者　藤波耕代（ふじなみ　やすよ）

発 行 人　鈴木幸辰
発 行 所　株式会社ハーパーコリンズ・ジャパン
東京都千代田区大手町1-5-1
電話 04-2951-2000（注文）
0570-008091（読者サービス係）

印刷・製本　大日本印刷株式会社
東京都新宿区市谷加賀町1-1-1

ISBN978-4-596-72042-9 C0297

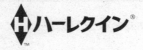

ハーレクイン・シリーズ 1月20日刊 発売中

ハーレクイン・ロマンス

愛の激しさを知る

忘れられた秘書の涙の秘密 《純潔のシンデレラ》	アニー・ウエスト／上田なつき 訳	R-3937
身重の花嫁は一途に愛を乞う 《純潔のシンデレラ》	ケイトリン・クルーズ／悠木美桜 訳	R-3938
大人の領分 《伝説の名作選》	シャーロット・ラム／大沢　晶 訳	R-3939
シンデレラの憂鬱 《伝説の名作選》	ケイ・ソープ／藤波耕代 訳	R-3940

ハーレクイン・イマージュ

ピュアな思いに満たされる

スペイン富豪の花嫁の家出	ケイト・ヒューイット／松島なお子 訳	I-2835
ともしび揺れて 《至福の名作選》	サンドラ・フィールド／小林町子 訳	I-2836

ハーレクイン・マスターピース

世界に愛された作家たち
～永久不滅の銘作コレクション～

プロポーズ日和 《ベティ・ニールズ・コレクション》	ベティ・ニールズ／片山真紀 訳	MP-110

ハーレクイン・プレゼンツ作家シリーズ別冊

魅惑のテーマが光る
極上セレクション

新コレクション、開幕！

修道院から来た花嫁 《リン・グレアム・ベスト・セレクション》	リン・グレアム／松尾当子 訳	PB-401

ハーレクイン・スペシャル・アンソロジー

小さな愛のドラマを花束にして…

シンデレラの魅惑の恋人 《スター作家傑作選》	ダイアナ・パーマー 他／小山マヤ子 他 訳	HPA-66

文庫サイズ作品のご案内

◆ハーレクイン文庫・・・・・・・・・・・・・・毎月1日刊行
◆ハーレクインSP文庫・・・・・・・・・・・毎月15日刊行
◆mirabooks・・・・・・・・・・・・・・・・・・毎月15日刊行

※文庫コーナーでお求めください。

"ハーレクイン"の話題の文庫
毎月4点刊行、お手ごろ文庫!

12月刊 好評発売中!
Harlequin 45th Anniversary

作家イメージカラー入りの美麗装丁♥

『哀愁のプロヴァンス』
アン・メイザー

病弱な息子の医療費に困って、悩んだ末、元恋人の富豪マノエルを訪ねたダイアン。3年前に身分違いで別れたマノエルは、息子の存在さえ知らなかったが…。

(新書 初版:R-1)

45周年特選12 アン・メイザー
伝説のハーレクイン・ロマンス創刊第1号!
身分違いで、実らなかった恋。息子との存在が明かせない――永遠に。

『マグノリアの木の下で』
エマ・ダーシー

施設育ちのエデンは、親友の結婚式当日に恋人に捨てられた。傷心を隠して式に臨む彼女を支えたのは、新郎の兄ルーク。だが一夜で妊娠したエデンを彼は冷たく突き放す!

(新書 初版:I-907)

『脅 迫』
ペニー・ジョーダン

18歳の夏、恋人に裏切られたサマーは年上の魅力的な男性チェイスに弄ばれて、心に傷を負う。5年後、突然現れたチェイスは彼女に脅迫まがいに結婚を迫り…。

(新書 初版:R-532)

『過去をなくした伯爵令嬢』
モーラ・シーガー

幼い頃に記憶を失い、養護施設を転々としたビクトリア。自らの出自を知りたいと願っていたある日、謎めいた紳士が現れ、彼女が英国きっての伯爵家令嬢だと告げる!

(初版:N-224
「ナイトに抱かれて」改題)

※ハーレクインSP文庫は文庫コーナーでお求めください。